第一章

一

刀をつかむや、抜き打ちにした。

座っていた睦紀《むつき》が、さっ、と後ろに飛びすさ[illegible]撃を難なく避《よ》けた。

睦紀が手にしていた徳利から、酒がこぼれる[illegible]着物のあいだから白い足がのぞいたが、それに気づいて睦紀が素早く[illegible]筋を伸ばして将監の前に座し、妖艶《ようえん》な笑いを見せる。

「お戯れを」

含み笑いを漏らしつつ、睦紀が徳利をそっと膳《ぜん》[illegible]

ふむう、と将監は嘆声を発し、刀を鞘《さや》におさめ[illegible]

「わしの斬撃をあっさりかわすなど、さすがとしか[illegible]の」

睦紀を心からほめたたえた将監は、刀をかたわら[illegible]座の隅の行灯《あんどん》が、じじ、と音を出す。

炎が揺らぎ、部屋の片側が一瞬、暗くなった。行灯から上がった一筋の黒煙は天井近くで色を薄め、消えていった。

煙の行方を見守っていた将監は、睦紀に目を戻した。

「わし程度の腕では、やはりそなたを斬《き》ることはできぬようだ」

「そのようなことはありませぬ」

笑みを消し、真剣な顔で睦紀が首を振る。

「今の一撃には正直、ひやりといたしましたし、もし将監さまが本気を出されたら、私の体は両断されていたでありましょう」

いや、と将監はいった。

「いくらなんでも、それはなかろう。仮にわしが本気で斬りかかったとしても、そなたは悠々とかわしていたに相違あるまい。――わしのそばで心置きなくつろいでいるように見えても、そなたにはなんら油断がないことが知れた。これならば、安心して新たな仕事を任せられる」

「新しい仕事を任せられるか、将監さまは私のことをお試しになったのですね」

「睦紀、気を悪くしたか」

「いえ、そのようなことはございませぬ」

「それならばよい」

将監は膳の上の杯を手にし、睦紀に向かって突き出した。

「注《つ》いでくれ」

睦紀が徳利を傾ける。芳醇《ほうじゅん》な香りが座敷に満ちていく。将監は、うっとりと目を閉じかけた。

「将監さま、こたびはどのような仕事でございますか」

徳利を膳にそっとのせた睦紀が目に鋭い光をたたえ、きいてきた。

うむ、とうなずいて将監は杯を一息に空けた。濃醇《のうじゅん》な旨《うま》みが口中にあふれる。飲み干すのがもったいないほどのうまさだ。

ごくりと喉仏《のどぼとけ》を上下させた将監は、空の杯を膳に置いた。

「わしがそなたに与える仕事といえば、一つだ。これまでと同じよ。――そなたも飲むか」

「いえ、けっこうでございます」

将監に無理強いする気はない。嫌々飲む酒はうまくないし、体に障るものだ。睦紀にはずっと健やかでいてもらいたい。もっとも、新たな仕事と聞いて、睦紀は酒を断ったものであろう。

睦紀が杯に酒を注いだ。

「標的は誰でしょうか」

杯に口をつける前に、将監は答えた。

「岩隈久之丞《いわくまひさのじょう》だ」

十人いる目付の一人である。幕府の要人の一人といってよい。

睦紀はむろん岩隈久之丞の顔を知っているはずで、いま脳裏に容姿を思い描いているように見える。

「睦紀、岩隈を殺《や》れるか」

酒をすすって将監はきいた。

「もちろんでございます。お任せください」

自信たっぷりに睦紀が答える。そのとき、外から豆腐売りの声が聞こえてきた。

「豆腐を買うよりもたやすく岩隈久之丞を殺ってご覧に入れます」

「それは頼もしい」

杯をぐいっと干して、将監は顔をほころばせた。

「ところで睦紀、標的は岩隈のみではない。今一人おるのだ」

厳かな口調で将監が告げると、もう一人でございますか、と睦紀がつぶやいた。

「もしや、徒目付頭《かちめつけがしら》の久岡勘兵衛《ひさおかかんべえ》でございますか」

「その通りだ」

間を置かずに睦紀が察したことに、将監は満足だった。

「人よりずっと大きな頭を持つことで知られる男よ。そなたも存じておるだろうが、久岡勘兵衛は岩隈久之丞の配下といってよい。二人はいま我らを潰《つぶ》そうと、息をそろえて動いておる。もはや邪魔者としかいいようがない。そろそろ二人ともあの世に行ってもらったほうが、後腐れがなかろう」

承知いたしました、と睦紀が頭を下げた。

「必ずや、岩隈久之丞と久岡勘兵衛の二人をあの世に送り込んでみせます」

「頼りにしておるぞ。ところで睦紀、そなたは二人を同時に殺るつもりでおるのか。だが、岩隈久之丞と久岡勘兵衛が一緒ということは、まずあり得ぬ。一緒のことがあるとすれば、それは千代田城内でのことであろう。いくらそなたが手練だといっても、千代田城内ではさすがに狙《ねら》えぬ」

「では、それぞれ別々に狙えばよろしいのでございますね」

「そういうことだ。睦紀、どちらを先に屠《ほふ》ろうと考えておる」

「手強いほうを先に、と考えております」

「ならば、文句なしに久岡勘兵衛であろう。やつの剣の腕前は、旗本の中でも比肩する者は何人もおらぬといわれるくらいだ」

その言葉を聞いて、睦紀が驚いたように眉根《まゆね》を寄せた。

「久岡勘兵衛はそれほど強うございますか」

「うむ、強いらしい。睦紀、心してかかることだ。わしはそなたを失いとうない」

「ありがたきお言葉にございます。使命を果たしたのち、必ずや将監さまのもとに戻ってまいる所存でございます」

「うむ、待っておるぞ。ただし睦紀、あとに殺ることになる岩隈久之丞を警戒させぬよう、うまいこと久岡勘兵衛を殺してのける必要があるぞ」

「いえ、岩隈久之丞を警戒させても別段かまいませぬ」

どういうことだ、と将監は少しだけ考えた。

「岩隈久之丞がいくら警戒したところで、無駄ということか。どんなに厚い警戒の網を敷いたところで、睦紀はやつを殺す自信があるのだな」

「御意」

なんのてらいもなく、睦紀が形のよい顎《あご》を引いてみせた。

「岩隈久之丞も剣は悪くない腕前らしいが、久岡勘兵衛にはまったく及ばぬであろう。

久岡勘兵衛並みの腕利きの配下がいるとの話も、聞いたことがない。確かに、岩隈久之丞がどれほど警戒したところで、睦紀の刃を逃れることはできまいの」

顔を上げ、将監は睦紀を見つめた。睦紀が濡《ぬ》れたような目で見返してきた。

ぞくりとするような色気を感じ、将監は背筋に雷電が走った。欲望がたぎってくるのを覚えたが、今は睦紀を抱き寄せている場合ではない。

丹田に力を込め、将監は軽く咳払《せきばら》いをした。

「睦紀、行ってまいれ。吉報を待っておる」

「承知いたしました」

睦紀から女としての色が消え、代わりに戦士としての迫力が全身からにじみ出はじめている。

「その前に将監さま、一つよろしいですか」

立ち上がりかけた睦紀が座り直した。

「なにかな」

「山内修馬《やまうちしゅうま》は、始末せずともよろしいのでございますか」

あの男か、と口にして将監はうなずいた。

「あやつはとりあえずよい。今は脅威とはいえぬ。もっとも、一度、邪魔者と思い、時之助《ときのすけ》に襲わせたこともある。だが、残念ながらしくじりに終わった」

「時之助さんがしくじったのですか……」

睦紀が意外そうに口にする。

「時之助も、陸の上ではあまり役に立たぬようだ。いま考えてみれば、しくじってよかったような気もする。元徒目付をあの世に送り込んでしまえば、どうあっても徒目付衆が探索をはじめぬはずがない。大きな騒ぎにならずにすんだことを、わしは幸いだったと考えておる」

「将監さま、これからも山内修馬は我らの脅威にはなりませぬか」

「なるかもしれぬ。いま山内修馬は、監視の目をつけて泳がしてある。今のところ、別に気になるような動きはしておらぬ。徒目付を馘《くび》になった今、その日その日を生きていくのが精一杯のようだな。この分なら、今はまだ命を取るような真似《まね》までせずともよかろう。あくまでも、山内修馬がこのままなにもせずじっとしておればの話だが」

「では、我らに仇《あだ》なすなにかを企図したときには、命を奪うということでございますね」

「その通りだ。監視の者にも、妙な動きを見せたときには、容赦なく始末するように申しつけてある」

「承知いたしました」

一礼した睦紀が懐から小ぶりの般若面《はんにゃめん》を取り出し、顔につけた。美しい顔が一瞬にして消え、氷のような眼差《まなざ》しが将監に注がれる。

将監は能面を見つめて、ふむ、と心の中でつぶやいた。

——どこか物悲しい表情にも見えるの。面という物は人の内面をあらわすというが、睦紀はわしに殺しの役目を押しつけられていると考えておるのだろうか。もしや、そのような役目を果たさなければならぬことを、悲しんでおるのだろうか。

そうかもしれないが、将監としては、睦紀に岩隈久之丞と久岡勘兵衛を殺ってもらうほかないのだ。

我が一党の中で最も闇討《やみう》ちの剣に長《た》けた腕を持つのは、睦紀なのだから。

狙った人物を闇討ちするために、将監は睦紀を幼い頃からそういうふうに育ててきたのである。

こんなときのために役に立ってもらわなければ、間尺に合わないのだ。

——とにかく、わしは心を鬼にしてことに当たらねばならぬ。そうでないと、滅びるのはこちらだ。

それだけは、と将監は思った。なんとしても避けなければならぬ。わしは生き延びなければならぬ。

二

提灯の明かりが、足元をしっかりと照らしている。

「時造《ときぞう》、俺のことを気にするが余り、転ばぬようにしてくれよ」

ありがたさを感じつつ、久岡勘兵衛は供として働いている男に声をかけた。闇がすっぽりと江戸の町を覆う中、前を行く時造がにこやかな顔を向けてきた。

「なに、手前は提灯の明かりなどなくても大丈夫ですよ。夜目が利きますからね」

勘兵衛は空を見上げた。

薄い雲が江戸の空を覆い、月の姿はどこにも見当たらない。星のきらめきも見えず、こういう暗い晩は提灯のありがたさが身にしみるものだ。

提灯のつくる時造の影が、うっすらと横に見えている。勘兵衛の影は背後に延びていた。

「夜目なら俺も利くが、時造には負けるであろうな。探索よりも書類の相手をすることが多くなって、目がだいぶ衰えたような気がしてならぬ」

歩を運びながら勘兵衛はまぶたを揉《も》んだ。

「大丈夫ですか」

気遣って時造がきいてきた。

「まあ、大丈夫だろう」

目を開けて勘兵衛は答えた。

「いい目医者を存じておりますが、久岡さま、ご紹介いたしましょうか」

「今のところはよい。目が疲れているだけだからな」

「しかし目の病というのは、早めに医者に診てもらうことこそが最善のようですよ。ほったらかしが最もいけないという話を、手前は聞いております」

「目に限らず、病というのは早めに手立てを講ずるのがよいのだろうが、俺の目はまだ病というほどのものではない」

「久岡さまが素人だとは申し上げにくいのですが、自分勝手な思い込みがとにかくよくないのだ、とそのお医者はおっしゃっておりました」

「勝手な思い込みか。そいつはまた耳の痛い話だな」

「お耳が痛いですか。ついでに耳も診てもらうほうがよろしいかもしれませんね」

「その目医者は耳も診るのか」

「いえ、目をもっぱらに診ております。腕のよい耳医者には、手前も心当たりがありませんねえ」

首をひねって時造がいった。

「だいたい耳の医者って、江戸にいるんですかね。江戸はなんでもそろいますから、いるんでしょうね。——しかし、久岡さま、いつでも目医者のほうは紹介いたしますよ」

「目医者に診てもらう必要があると感じたら、必ず頼むことにしよう」

「そうしてください。さっきも申しましたが、できるだけ早いほうがよろしいかと存じます」

「うむ、心しておく」

勘兵衛は、時造の持つ提灯が照らす場所を、土を踏み締めて歩いた。時造の歩く速さがちょうどよく、勘兵衛も自然な足の運びになっている。

なんとも心憎い男だな、と勘兵衛は時造の背中を見て思った。

——本当の家臣にしたいくらいだ。

勘兵衛の家臣のような顔で時造は提灯を手に先導しているが、実際には久岡家に仕える者ではない。久岡家は千二百石の禄《ろく》を公儀より与えられているので、勘兵衛の身分なら、馬上の士として供侍や馬の口取、若党、草履取などを引き連れて千代田城に出仕し、下城しなければならない。

だが、徒目付頭という役目柄、職務に関しては隠密裏に遂行するものがほとんどである。

以前、勘兵衛は書院番を拝命していたが、あの頃のように定時に帰れることなど、今は年に何度もない。

正直、徒目付頭としていったん千代田城内に入ったら、いつ下城できるものか、わかったものではないのだ。

勘兵衛が職務に励んでいるあいだ、いつ戻るかわからないままに久岡家の家中の者を、千代田城の下乗橋近くでずっと待たせておくわけにもいかない。

それに、徒目付頭という役目柄、大勢の家臣を引き連れておおっぴらに動くわけにはいかないのだ。あくまでも秘密裏に仕事をこなす必要がある。

そのためにいま勘兵衛は時造を家士のような形で使っているのだ。

時造は、前の徒目付頭である飯沼麟蔵《いいぬまりんぞう》が使っていた男である。辣腕《らつわん》の徒目付頭として名を馳《は》せた麟蔵も、探索の手練である時造を使いこなしていたのだ。

麟蔵から徒目付頭の地位を譲られたも同然の勘兵衛は、時造も同時に譲り受けたというわけである。

ここ最近の勘兵衛は、時造一人を連れて番町にある屋敷と千代田城を行き来している。時造は勘兵衛が千代田城内で執務に励んでいるあいだ、適当に時を潰しているようだ。ときおり、山内修馬のところに行ったりもしているらしい。

「時造、修馬はどうしておる」

勘兵衛にきかれ、提灯を揺らすことなく時造が振り返った。

「お元気にされていますよ」

「生計の道はどうしておるのだ」

「例の両替業でそこそこ儲《もう》けたようで、今のところ、暮らしに関しては心配いらないようですね」

修馬は小判や一分金、二分金などを庶民のために両替する商売をはじめたと、勘兵衛は時造から聞いたのだ。

「そうか、金の巡りは悪くないか。それならば少しは安心できる」

勘兵衛は安堵《あんど》の息を漏らした。実をいえば、修馬が息災にしているか、様子を見てくるように時造に命じたのは勘兵衛である。

「もっとも、今は両替の同業者が増えたせいで、すっかり商売としての旨みはなくなってしまったようですが」

「ふむ、そいつは残念だな」

「いま山内さまは、両替業のほうは休業中というところですね」

「休んでおるのか。探索業のほうはどうだ」

修馬は徒目付を馘になったことで親から勘当され、山内屋敷にはいられなくなった。今は小料理屋の物置で起居しているらしい。『よろず調べ事いたし候』という看板を物置の出入口に掲げ、探索の商売もしているのだ。

「そちらも残念ながら、あんまり客は来ていないようですね」

勘兵衛は自分の肩が落ちたのを感じた。

「そうか。やはり商売というのは難しいものだな。修馬の様子を聞いていると、俺が公儀の役目につけているというのは、実にありがたいものだということがよくわかる」

「さようでございますね。こう申してはなんですが、世の中で最も楽をしているのは、お侍だと手前は思いますよ」

「耳の痛い話だが、時造のいう通りかもしれぬ。今の世の中、なにもしておらぬのに禄をもらえ、生きていける者は侍だけだからな」

「いざというとき役に立つためですからね、それはしようがないでしょう」

「それが悲しいことに、いざというとき役に立ちそうもない輩《やから》が多いのだ」

「ああ、そうかもしれないですねえ。お侍方も惰弱なお方が増えてきたと聞きますからね。——しかし、惰弱だろうとなんだろうと、お侍方も暮らしが苦しいのはよくかりますけど、働かずとも飢えることがないというのは、本当に幸せなことですよ」

「まったくだな。なんの役職も与えられぬ小普請組だといっても、暮らしが苦しいだけで、食っていくことは、なんとかできるものな。江戸の町人で働かずに食っていける者など、ほとんどおらぬだろう」

「そうですね。働かなければおまんまの食い上げですね。下手すれば飢え死にでしょう」

時造が勘兵衛の意見に賛同する。

「修馬には、なんとしても、また別の生業を見つけてほしいものだが、そうたやすくはいかぬだろうか」

少しだけ提灯を揺らし、時造がまた勘兵衛を振り返った。

「山内さまは思いつきが奇抜で、しかも創意工夫のおできになるお方ですから、この先もさほど心配する必要はないような気がいたしますが、久岡さまは、山内さまのことをずいぶんと案じていらっしゃいますなあ」

うむ、と勘兵衛は顎を深く引いた。

「なんといっても、俺が修馬を馘にした張本人だからな」

「久岡さまだけではありませんよ。そのことには、手前も嚙《か》んでおります」

「それは、俺がおぬしに命じたからだ」

——修馬をなんとかして徒目付に復帰させてやりたいが……。

今の修馬は浪人だが、その暮らしが持ちこたえているうちに復職させたいと勘兵衛は願っているものの、今のところ、その手立ては見つかっていない。

一年ほど前、修馬は捕物の現場に駆けつけられなかった。深酒をして起きられなかったのだ。その失態を咎《とが》め、修馬から徒目付の職を取り上げたのは勘兵衛である。

実をいえば、勘兵衛が修馬を馘にしたのは、修馬の命を守るためだった。時造が般若党という謎《なぞ》の一団の探索をしていて、般若党が修馬の命を狙っていることが判明したのである。

修馬はなんらかの形で般若党の尾を踏んだようなのだ。

それがために般若党から命を狙われることになったのだが、般若党にとって、修馬が徒目付という職にあるということが特に邪魔になったらしいのだ。

修馬が徒目付でなくなれば、眼前の危機だけは去るらしいことが時造の調べで知れ、勘兵衛はいち早く修馬を馘にしたのである。

——寝酒に眠り薬を盛ったのが時造であり、それを命じたのがこの俺だと知ったら、修馬はどんな顔をするだろうか。

勘兵衛は修馬の顔を脳裏に思い描いた。

——俺は修馬に斬られるかもしれぬな。いや、あの男は意外に物わかりがよい。よすぎるところがある。俺のことを許してくれるかもしれぬ。

いや、とすぐに勘兵衛は心中でかぶりを振った。いくら修馬の命を守るための手立てだったといっても、そういうふうに考えるのは、余りに虫がよすぎよう。

なにしろ、駆けつけることができなかった捕物があった前夜、修馬は大して酒を飲んでいないのだ。

そして、あの捕物自体、現場に着くことができなかったからといって、重い咎めを受けなければならないほどの重要なものでもなかった。

それにもかかわらず、修馬は徒目付を馘になったのだ。

この前、修馬と会ったときには、徒目付をやめさせられたことについて、さほど気にしているようには見えなかった。しかしながら、それは外面だけで、やはり怨《うら》みを抱いているのではないだろうか。

――修馬は気持ちのよい男だが、徒目付を馘になったことについて内心、穏やかであるはずがない。なんとしても修馬に徒目付に戻ってもらいたいのだが……。

しかし、どんな理由があったにしろ、一度、馘になった者を呼び戻すのは、難儀なことといってよい。

どうすれば修馬を再び徒目付に据えられるか。このところ勘兵衛はこればかり考えている。

――般若党との戦いにおいて、修馬に手柄を立ててもらうしかないな。

そうすれば、般若党の壊滅を目指すためにわざと徒目付の職を離れ、浪人のふりをして内偵をしていたという口実も、真実として受け容《い》れられるのではないだろうか。

勘兵衛は、わずかに揺れる提灯を見つめた。

――実際のところ、いま俺がすべきことは、すべてを正直に修馬に話すことなのだろう。だが、残念ながらまだそのときではないような気がしてならぬ。今のところ修馬に眠り薬を盛ったことは時造と俺だけの秘密だが、そのことをもし修馬に話すとなると、わざと徒目付を馘にしたことが般若党に知られてしまうのではないか。

今もきっと、と勘兵衛は思った。般若党は修馬を見張っているにちがいない。

――徒目付を馘になった真実の理由を知ることで、修馬は復職できるのではないかとの希望を抱くことだろう。修馬は、口はかたいとはいえ、心中の思いが態度に出やすい。

ふむう、と勘兵衛は心の中でうなり声を発した。

――監視者に心の弾みを見抜かれ、修馬はまたも般若党に命を狙われることになるやもしれぬ。

勘兵衛は軽く唇を噛んだ。

――やはりまだ修馬にはいえぬ。

すべてを修馬に話す時は、まだ来ていないのである。

「久岡さま、もうじきですよ」

不意に時造にいわれ、勘兵衛は目を上げた。すでに屋敷のある番町に足を踏み入れていた。なじみ深い町並みが、勘兵衛の視野に入り込んでいる。

「うむ、あと二町ばかりだな」

勘兵衛は時造にいった。

「さようで」

腰をかがめて時造がうなずく。

今夜も遅くなったな、と勘兵衛は思った。すでに刻限は四つに近いだろう。

番町は暗く、道を行く者の影など、一ったりともない。

番町は書院番や小姓番、新番、大番などの番士が暮らす町である。本来ならば徒目付を拝命した時点でよその町に移るべきなのだろうが、幕府が江戸に置かれて以来、久岡家はずっと番町に屋敷を構えていた。

たまたま勘兵衛が徒目付になったという理由で、住み慣れた屋敷から引っ越しを強要することもあるまい、と飯沼麟蔵が上の者に話してくれたらしいのだ。

そのおかげもあって、勘兵衛は今も番町で暮らしていられるのである。

屋敷に着いたら、まず風呂《ふろ》に入る。妻の美音《みね》は下男に命じて、いつも風呂を沸かしてくれているのだ。それがどんなに大変なことか、勘兵衛もよくわかっている。

風呂を出たら遅い晩飯をとり、その後、ようやく夜具に身を横たえることができる。

朝は七つ半には起きて朝餉《あさげ》をとり、六つには屋敷を出る。千代田城の大玄関に入るのは、六つ半すぎである。

ほぼ毎日、勘兵衛はこんな調子で出仕と下城を繰り返している。

美音は大変だろう、と勘兵衛は思っている。激務の勘兵衛につき合わなければならないのだから。

今の勘兵衛にほとんど休みはない。ひと月に一度、休めればいいほうだ。

——最後に休んだのはいつだろう。

考えてみたが、思い出せない。ここ最近は、ずっと城に出ている。

二勤一休だった書院番は、夜勤があるとはいえ、楽だったとしかいいようがない。

だからといって、勘兵衛に書院番に戻ろうという気はない。美音に楽させてやりたいという気持ちはあるが、今は徒目付頭という職を全うしたいのだ。

——まずは般若党の全容をつかみ、壊滅させることだ。岩隈さまとよく連携を取り、やつらを追い詰めていかねばならぬ。

歩を進めつつ、勘兵衛は心の中で吐息を漏らした。

——だが、それまで美音の身が持つだろうか。美音にこそ楽をさせてやりたいのだが、今はさすがに無理か。俺が隠居するまで苦労をかけ続けることになるのか。

美音にいたわりの言葉をかければ、旦那《だんな》さまのために骨折りをするのは妻として当然のことでございます、という答えが返ってくるにちがいない。あるいは、今の状況を骨折りなどと、これっぽっちも思っていないかもしれない。

——美音はなにしろ強いからな。俺のためなら身を粉にすることなど、当たり前としか思っておらぬのではないか。

そんな妻に恵まれた幸運に、勘兵衛は心から感謝した。これからもずっと美音を大事にしなければ、と思った。

——そのためには、今の役目に専心することだろう。俺にできることはそれしかないのだ。それこそが美音に報いる最善の手立てにちがいあるまい。よし、これからも全身全霊を傾けて職務に邁進《まいしん》するぞ。

決意を新たにした勘兵衛は、ふとなにか妙な気配を感じた気がして、顔を上げた。目に飛び込んでくるのは、星を一杯にたたえた夜空である。

風もろくにないのに、いつの間にか雲は江戸の上空を去ったようだ。月の姿は今も見えない。

——これはなんだ。

勘兵衛は、おのれの眉間《みけん》にしわが寄ったのを感じた。背筋に冷たいものが走っていく。

——殺気ではないか。何者かが俺を狙っておるというのか。

時造も同じように気配を覚えたらしく、いきなり提灯を叩《たた》き捨てた。炎がめらめらと音を立てて立ち上がったが、それを足で踏みにじった。

すぐに炎が消え、あたりは一瞬で真っ暗になった。半町ほど先に見えている明かりは、辻番所《つじばんしょ》のものだろう。

辻番所に詰めているのは年寄りばかりで、いざというとき、なんの役にも立たない。もし異変を感じて駆けつけてきたら、逆に足手まといになってしまうのではあるまいか。

――そこにいてくれ。

辻番所に向かって勘兵衛は念じ、あたりの気配を探った。

「久岡さま」

時造がさりげなく寄ってきて、勘兵衛を守るような体勢を取った。少しだけ勘兵衛に顔を近づけ、ささやくような声でいう。

「般若党じゃありませんか。きっと狙いは久岡さまでしょう。嗅《か》ぎ回っている手前も蠅《はえ》のようにうるさく感じて、久岡さまとともに倒す気でいるのかもしれませんが」

時造の声を聞きつつ、勘兵衛は全身を針のようにした。

――刺客はどこだ。

全力を傾けて勘兵衛はあたりを探った。

だが、刺客の位置ははっきりとしない。

――時造のいうように俺が狙いだろうな。

近くの武家屋敷の塀に背中を寄せ、勘兵衛は刀の鯉口《こいぐち》を切った。同時に腰を落とす。

——むっ。

勘兵衛は首をかしげそうになった。どういうわけか、殺気を感じなくなったのだ。

だが、と勘兵衛はすぐに思った。刺客らしい者がすぐそばにいるのは、まちがいないのだ。殺気を消してみせたのは、こちらを油断させようという手ではないか。決してこの場を去ったわけではない。

刺客はこちらの目が届かない闇に身を紛れ込ませ、じっと隙《すき》をうかがっている。そのことを勘兵衛は肌で感じた。

勘兵衛を守るために立ちはだかるように前にいる時造は、あたりに厳しい眼差しを放っている。緊張している背中の様子から、勘兵衛はそのことを知った。

時造に、下がっておれ、というのはたやすい。勘兵衛に、時造を命の盾にする気はないのである。

しかし、そう命じたところで時造はいうことを聞くまい。頑として今の場所を動かないだろう。

そのことがわかっているから、勘兵衛はなにもいわなかった。

——それにしても、どこにおるのだ。

苛《いら》つきそうになるのを抑え込み、勘兵衛はいつでも刀を抜き放てる姿勢を保ちつつ、周辺に気を配った。

わからない。刺客は、闇にその身をとっぷりと浸せるだけの術を身につけているのだ。

――このような技を会得しているとなると、刺客は闇討ちをもっぱらにする者だろうか。おそらくそうなのだろう。もしかすると、忍びの術を駆使してくるやもしれぬ。

闇にひそんでいるのが容易ならぬ相手であるのを、勘兵衛は知った。そのことは時造も悟ったにちがいない。

――刺客は去ってはおらぬ。近くにおる。

そのことに関し、勘兵衛は揺るぎのない確信を抱いている。刺客がどんな攻撃を加えてこようと対処できるよう、さらに体勢を低くした。

こういうとき、目の位置を下げたほうが暗闇を見透かしやすくなるものだ。

このことは、これまでの経験からよく知っている。修羅場は数え切れないほど、くぐってきているのだ。

闇に紛れ込むのを得手としている相手に不意を衝《つ》かれたからといって、あわてたり、我を忘れたりするようなことはない。

だが、と勘兵衛は刀の柄《つか》を握って思った。やはり真剣での斬り合いは怖いとしかいいようがない。今にも震えだしそうだ。忍びのような相手がどんな得物を使ってくるのか、わからないのも、恐怖心を高めていく。

刺客の得物は刀か。それとも、忍びが使うような物か。

――いや、どんな得物であろうと、恐れることはない。俺はこんなところで死なぬからだ。もし死んでしまったら、修馬に申し訳が立たぬではないか。修馬を徒目付に戻す日まで、俺は死ぬわけにはいかぬ。

刺客がどのような相手であろうと、と勘兵衛は腹を据えた。今は倒すことだけを考えればよい。ほかのことは不要だ。最も肝心なのは、生き延びることである。

――来いっ。

闇に向かって勘兵衛は心中で叫んだ。

それに呼応したかのように、いきなり背後で殺気が盛り上がった。

――そっちか。

刺客は、武家屋敷の塀の上にいたのだ。腹這《はらば》いになり、勘兵衛たちの背中を、気負うでもなく見ていたに相違ない。刺客はいま勘兵衛に飛びかからんとしている。

刺客のほうを振り返るような真似はしなかったものの、勘兵衛はそのさまをまざまざと見ている気分になった。

考えもしなかった場所からの攻撃に勘兵衛は不意を衝かれたものの、狼狽《ろうばい》するようなことはなかった。頭の中は冴《さ》え冴《ざ》えとしており、落ち着いていた。

力みなく抜刀するや、勘兵衛は体の向きを変え、刀を正眼に構えた。

刺客は音もなく塀を蹴《け》って宙を飛び、勘兵衛に向かって右手のみによる突きを繰り出してきたところだった。

勘兵衛の視野の中で、刀尖《とうせん》が一気に大きさを増していく。刺客の狙いが喉であるのを勘兵衛は知った。次の瞬間にも刀が喉に突き刺さらんとするのが知れた。

それでも、勘兵衛は冷静さを失わなかった。これまで、もっと危ういことは幾度もあった。そのことを考えれば、いくら刺客が鋭い突きを見舞ってきたといっても、なんとかできるだけの自信があった。

しかも、刺客の得物は刀である。これまで刀を得物にした相手と、どれだけ戦ってきたものか。

戦い慣れているといってよい。刺客がどれほどの腕を持つのかわからないが、刀が相手であるのなら、負ける気遣いはない。

刀を横に振って、勘兵衛は刺客の突きを払いのけた。がきん、と大きな音が立ち、意外なほどに強い手応《てごた》えが勘兵衛に伝わってきた。刺客の突きは、まるで名槍《めいそう》で突いてきたかのように強烈な重さを伴うものだった。

それでも、勘兵衛が刀でその突きを横に払ったせいで、刺客の刀尖は勘兵衛の視野からあっさりと消えた。

同時に、刺客の位置も勘兵衛は見失っていた。渾身《こんしん》の突きを勘兵衛に払われるやいなや、間髪容れずに地面に降り立った刺客は、またも闇にひそんだのである。

降り立った場所は、勘兵衛からさほど離れていないはずだ。

――いま闇を這いずるようにして俺に近寄りつつあるのではないか。

そう勘兵衛は直感した。今にも、おのが体を刺客の刀が貫くのではないか。そんな思いが心をよぎったが、気は静まっている。怖さはなかった。まだ刺客は懐近くまで来てはいないはずなのだ。

――刺客が間合に入ったその機を逃さず、仕留めねばならぬ。

勘兵衛はさらに心を研ぎ澄ませた。

――今だ。

勘だけで勘兵衛は、自らの体の左側に刀を振り下ろしていった。

なんの手応えもなかった。勘兵衛は刀が空を切ったことを知った。

だが、やはり刺客は勘兵衛のすぐそばまで近づいてきていた。黒い影が、さっと後ずさって勘兵衛の斬撃を避けたのが、見えたのだ。

――少し焦ったか。

だが、あと一瞬、勘兵衛が刀を振り下ろすのが遅かったら、刺客のほうこそが刀を突き出していたのではあるまいか。そして、刺客の刀はまちがいなく勘兵衛の体を貫いていたであろう。

――一歩まちがえれば、こちらが斬られていた。

勘兵衛はわずかに息を入れた。刺客の姿はまたも見えなくなっている。新たな闇に身を置き、こちらをじっとうかがっているのだ。

勘兵衛は、武家屋敷の塀のそばで匕首《あいくち》の抜き身を手に呆然《ぼうぜん》と突っ立っている時造を見やった。

「時造、どうした」

あたりに油断のない目を向けつつ、勘兵衛はただした。

「は、はい」

時造が我に返ったような声を出した。

「ええ。情けないことですが、賊がいきなり後ろからやってきたもので、ちょっと驚いてしまいまして。――久岡さま、ご無事でございますか」

「もちろんだ」

勘兵衛は平静な声音で答えた。

「さようですか、安心しましたよ」

「時造こそ怪我《けが》はないか」

「ありません。久岡さま、いま賊はどこにおりますか」

「それがわからぬ」

勘兵衛は油断のない目をあたりに投げた。

「逃げ去りましたか」

「いや、まだそのあたりにおる。こちらの様子をじっくりと眺めておるはずだ」

「さようですか」

時造があたりをなめ回すように見てから、勘兵衛に顔を向けてきた。

「とにかく、久岡さまがご無事で安堵いたしました」

ほっと息をついて、時造が勘兵衛に寄り添ってこようとした。

――むっ。そこだったか。

時造に向かって大きく踏み出した勘兵衛は、一気に刀を振り下ろしていった。

「うわっ」

いきなりのことで泡を食ったものの、時造は勘兵衛の斬撃をよけてみせた。このあたりの敏捷《びんしょう》な動きは、やはり並の者ではないと勘兵衛に思わせるに十分だった。

「久岡さま、なにをなさるんですか」

口から泡を飛ばして時造が声を荒らげる。それに構わず、勘兵衛はなおも時造を追いかけるようにして刀を振るっていった。

「うおっ」

袈裟《けさ》に振り下ろされた勘兵衛の斬撃を、時造がしゃがみ込んでかわした。時造の髷《まげ》を飛ばさんばかりの際どさで、勘兵衛の刀が通り過ぎていく。

時造の背後にひそんでいた黒い影が勘兵衛の斬撃を避けて、さっと飛び退《の》いた。勘兵衛の刀の鋭さにわずかにうろたえたのか、足の運びにかすかな乱れが生じた。

そこを勘兵衛は見逃さず、一気に間合を詰めていった。刀を振り下ろす。

身をよじって、刺客がぎりぎりでかわした。勘兵衛は刀をすぐさま返し、下から振り上げていった。

それも刺客は体をこんにゃくのようにぐにゃりと曲げて、よけてみせた。

すぐさま刀を手元に引き戻した勘兵衛は、刺客の体の動きに目をみはった。

——こいつは、またずいぶんと柔らかな体軀《たいく》の持ち主だな。

二間ばかりの距離を置いた刺客は、刀を八双に構え、身じろぎ一つせず勘兵衛と対《たい》峙《じ》している。表情をほとんど感じさせない般若の面をかぶっている。

面の二つの穴から、鋭い眼差しが注がれているのを勘兵衛は感じ取った。

――やはり般若党であったか。ふむ、こやつ、女ではないか。

刺客を見つめ返しながら、勘兵衛はそんな気がしてならなかった。

刺客は全身、黒ずくめである。忍びの者と呼んでも差し支えのないような黒装束を身につけている。

肩幅があまりなく、両足はすらりとし、腰のあたりはわずかにふっくらしている。いかにもしなやかそうな体つきをしており、身のこなしは敏捷そうだ。

実際のところ、目の前の刺客には、忍びの心得があるにちがいない。でなければ、闇に身を溶け込ますことなど、できようはずもない。常人にできる技ではないのだ。

「野郎、そこにいたか」

腕まくりをした時造が匕首を構え、刺客に飛びかかろうとする。

「よせ、時造」

すぐさま勘兵衛は叫ぶようにいった。

「時造、後ろに下がっておれ。ここは俺に任せろ」

「えっ、しかし――」

綱でも引かれたように時造の動きが止まり、首をねじって勘兵衛を見る。その顔には戸惑いの色が浮かんでいた。

「いいから下がれっ」

怒鳴りつけるようにいうと、はい、と時造がすぐさま勘兵衛の横に来た。勘兵衛の迫力にびっくりしたような表情をしている。

「俺の後ろにおれ」

「承知いたしました」

これからはじまる戦いの邪魔になるのを恐れるかのように、時造が神妙な顔で勘兵衛の背後に回り込む。

「時造、そこを決して動くな。承知か」

勘兵衛はなおも強い口調で告げた。

「は、はい、承知いたしました」

――それでよい。

心中で深くうなずいた勘兵衛は、刺客のほうに体を向けた。これで、刺客との戦いに専念できるというものだ。

刺客は相変わらず八双の構えをしたまま、勘兵衛を見つめていた。そして、時造が後ろに下がったことで勘兵衛との戦いに集中できると、刺客も考えたらしい。いきなり土を蹴り、突進してきたのだ。

――やはり標的はこの俺か。

刺客は、土煙を上げるような勢いで猛然と走り寄ってきた。二間の距離が一瞬で詰まる。刺客の足の速さを、勘兵衛は予期していなかった。

刺客との距離は、すでに半間もない。これは刺客の間合だろう。少なくとも、自分の間合ではない。

勘兵衛の懐にもぐり込んだも同然の刺客は、下から刀を振り上げてきた。なめらかさを感じさせる斬撃が一気に迫ってくる。

その斬撃の鋭さに勘兵衛は瞠目《どうもく》したが、その迫力に圧《お》されるようなことはなかった。これも場数を踏んできたおかげだろう。

足を踏ん張ってその場にとどまり、勘兵衛は刺客の斬撃に刀を合わせていった。

がきん、と鉄同士のぶつかる音が、闇に響き渡る。

またしても強烈な手応えがあった。

次の瞬間、ぎゅっと握りかためたような音のかたまりが勘兵衛の耳に入り込んできた。

ただそれだけのことなのに、勘兵衛は頭が痛くなった。

同時に、さらなる深い闇があたりを覆うかのように勘兵衛の視野が暗くなっていく。

——なにっ。

そのために刺客の姿が見えにくくなった。

いや、勘兵衛はすでに見失っていた。くっ、と奥歯を噛み締める。

——こんなことが、あるものなのか。まずいぞ。

百戦錬磨の勘兵衛も、視野をほとんど失ったことで焦りを感じた。

——いや、動じるな。落ち着け、落ち着くのだ。

どこに刺客がいるか、勘兵衛は見えない目で見定めようとした。

——右にいる。

まだ薄れようとしない頭の痛みと闘いつつ、勘兵衛はそのことを感じた。半歩ほど近づいた刺客が音もなく刀を振り下ろしてきたのが知れた。

——袈裟に振ってきたな。

そのことも勘で覚《さと》った勘兵衛は、瞬時に横に動いた。かなりの余裕を持って刺客の刀をかわしたつもりだったが、刃が右肩すれすれをかすめていくのを感じた。

すぐに刺客の刀は反転し、勘兵衛を追ってきた。その刀の動きも見えなかったが、勘兵衛はかわしてみせた。

それでも、刺客の刀が右の脇腹を少しかすっていった。着物がすぱりと切れ、穴が空いたのがわかった。

美音は穴を見てどんな気持ちになるだろう。こんなときだが、勘兵衛は思った。すまぬ、という思いで一杯だ。

刹那《せつな》、おっ、と勘兵衛は喜びの声を上げた。ようやく頭の痛みが取れ、視野の暗さも消えつつあったのだ。すっぽりと暗黒に包まれていたあたりの景色が戻ってきている。

刀を構えて勘兵衛は目をしばたたいた。

八双に刀を構えた刺客は再び二間ばかりを隔てて立っている。今は闇に溶け込もうとはしていないらしく、夜の中ににじみ出すように姿が見えている。

――この女、また俺の懐に飛び込む気でいるのだろうか。ならば、その前に斬るしかなかろう。女だからといって、情けをかけてなどおられぬ。そんなことをしたら、殺られるのは俺だ。

ゆったりとした仕草で勘兵衛は刀を上段に持っていき、大きな構えをつくった。道場の師範から、高逸雄渾《ゆうこん》なる、とたたえられた構えである。もし懐に飛び込む気なら、斬ってやるぞと刺客に無言の威圧をしているのだ。

勘兵衛の脅しともいえる構えが利いたのか、彫像と化したように刺客は動こうとしない。

それを見て勘兵衛はひそかに一息入れた。

――それにしても、先ほどのはまずかったな。この相手と刀を打ち合わせたのは、しくじりだったようだ。

まさか刀を合わせた音のせいで、頭がひどく痛み、目が見えなくなろうとは夢にも思わなかった。

――もしやそういう技をこの女は持っているのだろうか。

それにしても危うかった、と勘兵衛は思った。よく勘だけで切り抜けられたものだ。奇跡に近い。もともと生来の運のよさはあるが、それだっていつまで続くか、わかったものではない。

背筋を冷や汗が流れていく。もし死んでいたら、修馬を徒目付に戻すことができなくなるところだった。

――とにかく俺は生きておる。先ほどの頭の痛みを教訓とせねばならぬ。

目を上げ、勘兵衛は刺客をじっと見た。刺客はそれが得意の形なのか、またも八双に構えている。

隙がまったく見当たらない。敵ながら、ほれぼれとするような立ち姿である。

この美しい構えの裏に、と勘兵衛は思った。いったいどれほどの鍛錬の日々があったものなのか。

この女にも師匠というべき者がいたはずだ。いったいどんな師匠なのだろう。その師匠のもとで、すさまじい修練を積んだのは疑いようがない。

――そうである以上、女といえども、決して侮ることはできぬ。

勘兵衛はさらに気を引き締めた。腕は互角といったところだろうか。

――いや、そんなことはあり得ぬ。この女は鍛えているが、俺のほうが紛れもなく業前は上だ。

ならば、と勘兵衛は思った。

――こちらから仕掛けてみるか。うむ、それがよかろう。仕掛けて先手を奪い、一気に決着をつけてやる。

勘兵衛は決意し、次の瞬間にはすっと前に出ていた。体に力が入らないように注意する。力んでいいことなど一つもないのだ。刀を振るのは、ゆったりと見えるくらいがちょうどよい。

――斬撃を見舞うのに、俺の刀が刺客の刀に当たらぬようにせねばならぬぞ。

刀同士がぶつかり合うことで、もしまた頭が痛くなったら、目も当てられない。どころか、今度は命を落とすことになるのではあるまいか。

刺客を間合に入れ、勘兵衛は刀を上段から振り下ろしていった。とにかく、力まず、しなやかに振ることだけに専心すればいい。

刺客が刀を掲げ、勘兵衛の斬撃を受け止めようとする。

――そうはいくか。

わずかに肩をねじった勘兵衛は刀を変化させ、刺客の胴を狙っていった。般若面の中の目が、あっ、と大きく見開かれたように勘兵衛には思えた。

虚を突かれたはずの刺客には、勘兵衛の刀の変化に応じられるだけの時はすでに残されていない。

勘兵衛に刺客を容赦する気はこれっぽっちもない。徒目付頭の命を狙ってきた以上、骸《むくろ》を路上に横たえるだけの覚悟をすでに決めているはずだし、その上、この勝負は、勘兵衛と刺客の腕の拮抗ぶりから、殺すか殺されるかの結果しかあり得ないのだ。

勘兵衛に死ぬ気はない。ならば、刺客をためらいなく屠るしか道はないのだ。

するり、という感じで刺客の体に勘兵衛の刀が入った。少なくとも、勘兵衛の目にはそういうふうに見えた。

しかしながら、勘兵衛の刀は空を切っていた。体をこんにゃくのように動かし、刺客は勘兵衛の斬撃をよけてみせたのである。刺客は、おのれの体の柔らかさを意のままに操っていた。

——なんと。

勘兵衛はまたも瞠目することになった。とても人間業とは思えない。あまりの驚きのせいで、勘兵衛の刀がわずかに流れた。

自らの馬鹿さ加減を勘兵衛は呪《のろ》った。真剣での立ち合いの最中、驚いて刀を引き戻すのが遅れるなど、なんたる失態か。

勘兵衛の周章を見逃さず、刺客がまたも一瞬の動きで懐に飛び込んできた。

刺客が刀を逆袈裟に振り上げる。刺客の斬撃は、先ほどよりもさらに鋭さを増していた。視野の中でふくれ上がるように大きくなった刀尖が、勘兵衛の体に触れようとする。

——かわせるか。

勘兵衛は体を思い切りねじり、同時に顎をそむけるようにした。刺客のような体の柔らかさは望むべくもなかったが、今の勘兵衛にはほかにできることがなかった。

刺客の刀が、脇腹をかすめていくのが勘兵衛の目には見えた。またしても着物を切られたかもしれなかったが、少なくとも、深々と体を斬り破られはしなかったようだ。どこにも痛みはなく、血も出ていない。紙一重の際どさだったが、なんとかかわすことができたのだ。

息をつく間もなく、刺客が頭上から刀を落としてきた。崩れた体勢を立て直すいとまはなく、斬撃をかわせない。勘兵衛は刀で受けるしかなかった。

刀を変化させてくるのではないか、という危惧《きぐ》が勘兵衛にはあったが、刺客は力任せに刀を振り下ろしてきた。まるで竹刀を手にしているかのように、刀を上段から打ち込んできたのだ。

刀と刀が眼前でぶつかり合い、かきんっ、という音が響き渡った。直後、音のかたまりが勘兵衛の耳の中に押し込まれる。

ううっ。

勘兵衛はうめき、顔をしかめた。間髪容れずに頭が痛くなり、幕が下りたかのように視野が暗くなってきた。

――これはたまたまではない。

勘兵衛は覚った。頭の痛みが一気に増していく。目を開けていられないほどの痛みだ。

まずい、と思いながらも勘兵衛は目を閉じた。つまり、と頭を走る激痛と闘いながら思った。この女は、刀をわざと相手の刀に激しく突き当たらせることで、相手に頭痛を与え、視野を奪うという術を身につけているのだ。むろん、刺客自身はなんの影響を受けることもないのだろう。

――くそう、気をつけていたのに、まともに受けてしまった。

目を閉じたまま勘兵衛は唇をぎゅっと嚙んだ。今は後悔している場合ではなく、刺客の気配を探ることに集中しなければならない。どこから斬撃がやってくるか、見極めなければならなかった。

――だが、今度はかわしきれぬかもしれぬ。

弱気が心をかすめる。

――いや、俺が死ぬわけがない。般若党の刺客ごときに倒されるはずがないではないか。俺は生きねばならぬのだ。まだまだやらねばならぬことがある。

ふと、修馬の姿が脳裏に映り込んだ。相変わらず人なつこい笑みを浮かべて、こちらを見ている。

——こんなときに笑いおって。

勘兵衛は、むくりを煮やした。

いきなり修馬が近づいてきた。勘兵衛の手を握り、かがみ込んだ。

——なにをする。

勘兵衛は戸惑ったが、修馬に引かれるままにその場にしゃがみ込んだ。髷の近くをなにかが通り過ぎていった。

——刺客の刀だ。

今の斬撃がやってくることを、勘兵衛はまったく感じていなかった。修馬が手を引かなかったら、まちがいなく斬られていた。

助かったぞ。勘兵衛は、脳裏に浮かんでいる修馬の顔を見直した。

——修馬、俺を救ってくれたのか。

修馬が立ち上がり、今度は勘兵衛の体をぐいっと引っ張った。つられて勘兵衛の体は横に大きく動いた。

刹那、刀らしいものが背中をかすめるようにしていったのが、勘兵衛にはわかった。

負けじと、刺客がいるのではないかと思えるほうに向かって勘兵衛も刀を振り上げていった。

かすかな手応えがあった。だが、刺客の体を斬り裂いたというほどのものではなかった。ただし、かすかに血のにおいを嗅いだように感じた。

頭の痛みはまだ去らないが、もうだいぶ薄れてきている。この分なら、すぐに目も見えはじめるだろう。どこに刺客がいるか、心眼で探り、勘兵衛は刀を正眼に構えた。

――しかし危うかった。

背中をかすめた斬撃も、なんら察していなかった。修馬の助けがなかったら、今頃は骸にされていた。

修馬のおかげで勘兵衛は二度、刺客の斬撃をかわすことができた。頭の痛みはようやく消え、目を開けると、あたりの光景も戻ってきていた。

――助かったぞ、修馬。

改めて深く感謝した勘兵衛は、丹田に力を込めた。二間ばかり先に般若面の刺客が立っている。

今も八双に刀を構えていたが、勘兵衛を見る面の目に戸惑いのようなものが感じられる。

――いや、この女は紛れもなく当惑しておる。今度こそ殺れる、と確信したはずの必殺の剣を二度ともかわされ、信じられぬ気持ちで一杯なのだろう。

それも無理はない、と勘兵衛は思った。

——この俺自身、なにゆえ修馬が脳裏にあらわれたのか、さっぱりわけがわからぬのだからな。

もっとも、常日頃からあの男の復職のことばかりを考え続けていたから、修馬が頭の中にあらわれても不思議はないのかもしれない。修馬自身、勘兵衛に死んでもらっては困ると考えているのではあるまいか。その思いが像となり、勘兵衛の頭にあらわれ出たのではあるまいか。

——とにかく、修馬と俺のあいだには、今も断ち切れぬ強い絆《きずな》があるのだ。ともに何度も修羅場をくぐった仲だ、それも当たり前のことだろう。

勘兵衛のこめかみから汗が流れ落ちてきた。ぬぐいたかったが、今はこらえるしかない。

ひそかに勘兵衛は息をついた。苦々しい思いが喉のひだをせり上がってくる。

——早く決着をつけようとして、俺は焦っていたのだな。気が急《せ》いたところを、この女につけ込まれたのだ。

勘兵衛は自嘲《じちょう》気味に思った。相変わらず俺は甘い。これまでに何度も生きるか死ぬかの瀬戸際を経験してきたにもかかわらず、真剣での戦いとなると、今になっても浮き足立ってしまうのだ。

この悪癖は、なんとかならぬものなのか。

——それにしても、今の刺客の攻撃をしのぎきったのは、なんといっても修馬のおかげだな。会って、礼をいわねばならぬ。修馬と会うまで、俺は決して死なぬ。

勘兵衛は思いを新たにした。山奥に湧《わ》き出る清冽《せいれつ》な泉を飲んだかのように、体に力がみなぎってきた。

——今度こそ逃がさぬ。

勘兵衛は、おのれの目が爛々《らんらん》と光っているのがわかった。その目で刺客を見据える。

刺客は、勘兵衛の眼差しに捕らわれたかのように身動き一つしない。いや、いま肩で息をした。

かすかな動きでしかなかったが、勘兵衛の瞳《ひとみ》は見逃さなかった。

——いま俺は研ぎ澄まされておる。

勘兵衛は、自らが心身ともに最も高まった状態にあることを知った。

——今なら、目の前の刺客をまちがいなく屠れよう。

掌中にしたかのように確信した勘兵衛は、二間先に立つ刺客に躍りかかろうとした。

だが、すぐに逸《はや》る気持ちを抑え込み、動きをぴたりと止めた。

――今の俺は焦っておらぬか。

勘兵衛は、先ほどの二の舞になることを恐れた。

――うむ、焦っても苛立ってもおらぬ。

冷静に自分の心を見つめ、勘兵衛は今度こそ大丈夫だ、との判断を下した。

――よし、行くぞ。

力むことなく土を蹴り、勘兵衛は刺客に斬りかかろうとした。

ところが、思いもかけないことが起きた。般若面の刺客が身をひるがえし、背中を見せて走り出したのだ。

――なにっ。

まさか刺客が逃げ出すとは思ってもみなかった。勘兵衛はさすがに驚きを隠せない。

――おや、少し右足を引きずっておるようだな。

「手前があとをつけます」

勘兵衛にいって、時造が刺客を追いかけようとする。

「時造、やめておけ」

冷静な口調で勘兵衛は制した。

「えっ」

びっくりしたように時造が立ち止まり、こちらを見る。

「久岡さま、なにゆえでございますか。あの刺客をつけていけば、やつらの根城を突き止めることができますよ。絶好の機会を逃すおつもりですか」

刀を両手で握ったまま、勘兵衛は時造をじっと見た。

「あとをつけるというが、時造、それほどたやすく般若党の根城を突き止められるものではなかろう。おぬしにつけられていると知ったら、あの刺客はすぐに闇に紛れるに決まっておる」

「はい。確かに、久岡さまのおっしゃる通りでございます」

時造が深くうなずいた。

「あの刺客も後ろを気にしながら走るでしょうから、手前がつけていることはすぐに覚るでしょう」

「もしあの刺客が闇に紛れ込んで待ち伏せしたら、時造、おぬしの腕をもってしてもどうなるか、知れたものではないぞ」

その言葉の意味を、時造はしばし考えている様子だ。

「はい、ばっさりと殺られるかもしれませんね」

それでも、まだ追うことに未練を残しているらしく、刺客が去っていった闇を時造は凝視している。

「時造、あの刺客、ずいぶん足が速かったな」

時造が勘兵衛を見る。

「ええ、あっという間に姿を消しましたね」

「右足を引きずっているように見えたが、あれは俺の刀が当たったからか」

「ええ、それしか考えられません」

先ほど、刀を振ったときにわずかな手応えがあったことを勘兵衛は思い出した。あのとき刀尖が、刺客の右足に触れたのだろう。

とにかく、と勘兵衛は思った。俺は生き延びたのだな、と心中で息をついた。激しかった戦いの余韻はまだあるが、体の熱は冷めてきており、気持ちも落ち着きを取り戻しつつある。

番町界隈《かいわい》は、勘兵衛が命を懸けて戦ったことなど幻ではなかったかと思えるくらい、静まり返っている。

屋敷内で剣戟《けんげき》の音を聞いた者も少なからずいたはずだが、一人として外に出てくることはなかった。

戦国の世が終わりを告げて間もない頃なら、血気盛んな者が大勢おり、騒ぎを聞きつけるやいなや、すぐさま屋敷を飛び出してきたかもしれないが、太平が長く続いた今、誰もが面倒に関《かか》わることを恐れているのだろう。惰弱になったというのはたやすいが、と勘兵衛は思った。これが時代というものだな。

半町ばかり先に見えている辻番所の番人も姿を見せはしなかった。今も居眠りをしているにちがいない。

ふう、と気持ちを入れ替えたように息を吐き出し、時造が勘兵衛を見やる。

「久岡さま、あの刺客は女でしたね」

「女とは思えぬ凄腕《すごうで》の剣士だった」

「女でも鍛えれば、あそこまで強くなるんですね。それに、手前の背中に貼《は》りつくようにして、久岡さまに近づこうとしていただなんて、まったく気づきませんでしたよ」

ああ、あの時のことか、と勘兵衛はその場面を思い起こした。

「俺に斬りかかられて時造は仰天していたな」

「それはそうでございましょう。まさかと思いましたよ」

「すまなかったな。あのときは、ああするしか手がなかった。——あの刺客には、おぬしを殺す気はなかったのだな。もしその気だったら、おぬしはとうにあの世に行っていた」

「ええ、さようにございますね。知らないうちに背中に貼りつかれていたのですからね」

ため息を漏らして、時造が首筋をなでる。

「生きていてよかったと、心から思いますよ。それにしても久岡さま、あの女刺客は妙な剣を遣いましたね」

「時造、そのこともわかっておるのか」

「ええ、よくわかっておりますよ」

時造が顎を上下させる。

「久岡さまとあの刺客の刀がぶつかり合った途端、まるで力士が握り潰そうとしているかのように手前の頭は、きゅーん、と痛くなりましたからね。そのあとには、目もほとんど見えなくなってしまいましたし。なんだ、これは、とあわてましたよ」

心底驚いたというように時造が首を振った。

「俺も同じだ。肝を潰した」

時造が勘兵衛を見上げてきた。闇の中だが、贔屓《ひいき》の役者に憧《あこが》れの眼差しを送るどこその女房のように、瞳がきらきらしている。

「それでも、久岡さまは負けなかった。やはりお強うございますね。あんな妙な剣を遣う相手と戦って、結局は撃退してしまうんですから。ほんと、評判通りのお方とかいいようがございませんよ」

「俺に、評判などあるのか」

「ございますとも。お旗本衆の中でも、屈指の腕前という評判ですよ」

「ほう、そいつは初耳だ」

「評判なんてものは、本人の耳には、なかなか入らないものですからね。――手前は、刺客と戦っている久岡さまのお姿を拝見して、さもありなん、と思いましたよ。まるで上手の舞いを見ているかのような気すら、いたしましたから」

これ以上ない褒め言葉だな、と勘兵衛は思った。

「斬撃の際に力を入れると、刀を引き戻すのにも力が必要になり、いらぬ時がかかるからな。とにかく力を入れず、ふわりと振り下ろす。それが最も肝心なことだと、俺は教えを受けた」

「それはまた、すばらしいお師匠がいらっしゃったものですね」

「うむ、俺は運がよかったのだ」

「お師匠は今もご健在ですか」

「いや、もう亡くなった」

「そいつは残念ですねえ。名人や達者と呼ばれる人が亡くなると、二度とその技を目にできなくなってしまいますよね。そのことが手前は、もったいないなあ、とつくづく思うんですよ」

「技というのは、その人が亡くなれば、滅んでしまうも同然だからな。俺はお師匠のようになりたいとずっと思っていた。もっとお師匠から学びたかった。亡くなったのは、心から残念としかいいようがない」

ふと思いついたことがあり、勘兵衛は眉根を寄せた。畏敬の念を抱いている上役のことがふと思い出されたのだ。勘兵衛が常々、その姿勢を学びたいと思っている上役である。

「どうされました、久岡さま。急に怖い顔をなされて」

怪訝《けげん》そうに時造がきいてきた。

「いや、岩隈さまは大丈夫だろうか、とふと思ったのだ」

その言葉を聞いて、時造が眉間にしわを盛り上がらせた。

「岩隈久之丞さまも襲われたのではないかと、久岡さまは考えていらっしゃるのですか」

「考えられぬことではなかろう」

「それはそうでございますね。岩隈さまは久岡さまと、ほぼ同じ頃にお城をお出になりましたし。――久岡さま」

時造が呼びかけてきた。

「今から手前がひとっ走りして、岩隈さまのご様子を見てまいりますよ」

「今からか。時造、構わぬのか」

「もちろんですよ」

疲れを感じさせない声で時造が請け合う。

「でも、その前に、久岡さまをお屋敷までお送りいたしましょう。そのほうが、手前も安心できますからね。路上でつい、長話をしてしまいましたね。失礼いたしました」

一礼して、時造が真っ暗な道を歩き出す。

勘兵衛は、その後ろについた。背後を振り向き、岩隈久之丞の屋敷があるほうを見やる。

――本当に岩隈さまは大丈夫だろうか。

案じられてならない。だが、今やきもきしたところで、どうしようもない。自分にできることはないのだ。

――岩隈さまも、きっと運のよいお方であろう。必ずや、明日もお目にかかることができるはずだ。

顔を前に向け、勘兵衛は時造の背中を見つめて歩いた。刺客に着物を切られたところから風が入り込み、肌がすうすうする。

勘兵衛はため息を漏らした。

――この切れた着物のことを、美音になんといえばいいのだろう。驚かせたくはないが、正直にいうしかあるまい。正直こそが、この世で最良のものだ。嘘《うそ》でごまかすのは、愚か者のすることでしかない。

それに、今回と似たようなことはこれまでに何度かあった。修馬とともに修羅場を乗り越えたことも、一度や二度ではないのだ。

人なつこい修馬の顔が、再び脳裏に浮かんできた。にこにこして勘兵衛を見ている。

――俺が無事だったことを喜んでくれているようだな。ふむ、明日の出仕前にでも会っていくとするか。今晩の礼をいわねばならぬし、依頼することになるかもしれぬこともある。

よし、そうしよう、と勘兵衛は心に決めた。見慣れた門が、時造の肩越しにうっすらと見えはじめている。

第二章

一

目を開けた。

真っ暗闇《くらやみ》である。

妙な夢を見たな、と山内修馬は思った。むくりと起き上がり、ぽりぽりと頬《ほお》をかく。

——いま何刻頃だろう。

修馬は首をひねった。あまりよく寝た感じはない。眠りは浅かったのだろう。夢をはっきりと覚えているときは、大抵そうである。熟睡はできていない。

——この分では、明るくなるのはまだ当分先だろうな。今はせいぜい四つを回ったくらいか。そのときちょうど時の鐘が鳴った。三回の捨て鐘のあと、四度鐘が撞《つ》かれた。

こんな刻限に目が覚めるなど、滅多にあることではない。

修馬は眠りが深く、一度寝入ったら、朝までぐっすりというのが当然のことなのだ。

徒目付《かちめつけ》をやめて久しい今は、特にそうである。徒目付の職にあったときは、いつでも飛び起きられるよう、浅い眠りが習い性になっていた。

それが役目のことなどまったく考えずともよくなり、これまでになく熟睡できるようになった。

――こうしてみると、徒目付に戻らずともいいような気がせぬでもないな。命の危険を考えずともよい気楽な暮らしには、なにごとにも代え難いものがあるぞ。

修馬は寝床に横になり、目を閉じた。

――だが、退屈は退屈だな。

勘兵衛とともにくぐり抜けた修羅場が懐かしくもある。命の危機がいったい何度あったものか。怖くてならないときもあったが、かいくぐって生き延びたときの充足感は、なにものにも代え難いものがあった。

――また戻れたらよいのだが。ふむ、これが俺の本音か。

とにかく修馬としては、勘兵衛とまた一緒に働きたくてならないのだ。勘兵衛とともに汗を流していないのが、つまらなくてならない。

――それにしても、妙な夢を見たものだな。

再び目を開けて修馬は思い返した。

どこからの帰りだったのか、これからどこかへ行こうとしていたのか、夢のことではっきりしないが、修馬は一人、夜の道を歩いていた。

そうしたら、いきなり斬《き》り合いに出くわしたのである。

暗い路上で、侍と黒ずくめの者が刀を抜き合い、戦っていたのだ。

我知らず目をみはっていたが、修馬はさらに目を大きく見開くことになった。戦っている侍のほうは、勘兵衛だったのだ。

人の倍くらいは優にある、大きな頭をしており、見まちがえるわけがなかった。あのような大きな頭を持つ者は、勘兵衛以外、江戸に一人もいるはずがないのだ。

勘兵衛の相手は般若面《はんにゃめん》をつけており、般若党の者であるのは明らかだった。

勘兵衛を狙《ねら》ってきた刺客ではないか、と修馬は考えた。

ただし、修馬が驚いたことに、勘兵衛は黒ずくめの者を相手に苦戦していた。そのさまは手練の勘兵衛らしくなかった。

いったいどうしたというのだ、体の具合でも悪いのか、と勘兵衛らしくない戦いぶりに、修馬はじれったくてならなかった。

勘兵衛っ、どうした、しっかりしろ。修馬は大声を放った。

しかしながら、その声が勘兵衛に届いた様子はなかった。

修馬は少しばかり駆け、勘兵衛の様子がよく見えるところまで近寄った。

ちがう、とすぐに覚《さと》った。どうやら勘兵衛は目が見えないようなのだ。

そのために勘兵衛は、黒ずくめの般若面がどういうふうに動いているのか、まったくわかっていないのである。まるで目隠し鬼の鬼でもしているかのように、ふらふらと路上でよろめくばかりだ。

翻弄《ほんろう》されている勘兵衛など、修馬は見たくなかった。腹が立ってきた。

なにゆえ目が見えなくなったのだ、と修馬は勘兵衛に向かって怒鳴った。

だが、その声はまたしても勘兵衛には聞こえなかったようだ。

なにゆえ聞こえぬのだ、と修馬は苛立《いらだ》ち、地団駄を踏んだ。

そのとき勘兵衛は、黒ずくめの般若面に後ろに回り込まれた。

危ないっ、と修馬は悲鳴のような声を上げた。よけろ、よけるんだ。

勘兵衛の背後で、黒ずくめの般若面が刀を八双に構える。

表情のないはずの般若面が舌なめずりをしたように、修馬には見えた。

黒ずくめの般若面が思い切り踏み込むや刀を横に払い、勘兵衛の体を斬り裂こうとする。いかにも遣い手を感じさせる斬撃《ざんげき》である。

勘兵衛、しゃがみ込めっ。修馬は声の限りに叫び、その手を握って引っ張った。

手を握ったのはわかったのか、勘兵衛がかがみ込んでみせた。黒ずくめの般若面の刀は、勘兵衛の大きな頭にのった髷《まげ》を切り飛ばさんとする勢いで通り過ぎていった。かろうじてだか、かわしたか。拳《こぶし》をぎゅっと握り締めた修馬は胸をなで下ろした。かろうじてだったとはいえ、勘兵衛は今も生きている。

しかしながら、勘兵衛の危機はそれで終わりではなかった。黒ずくめの般若面が、今度は勘兵衛の頭に向かって刀を振るっていったのである。

今度こそやられてしまう。勘兵衛との距離はまだ四間ばかりあったが、その距離を一瞬で越えて、修馬はすぐそばに躍り込むように駆け寄った。

不思議なことに、目にもとまらぬはずの黒ずくめの般若面の斬撃は、まだ勘兵衛の体を斬り裂いてはいなかった。修馬は勘兵衛の腕を取り、思い切り引っ張った。

馬にでも引かれたように勘兵衛の体がぐっと動き、黒ずくめの般若面の刀は背中をかすめるように流れていった。

これもなんとかかわしたか、と修馬は手のうちの汗を自分の着物になすりつけた。

その頃には目が見えるようになったらしく、勘兵衛は修馬を見て、驚きの表情を浮かべた。どうしてここに、といいたげな顔をしているが、たまたま行き合ったとしか修馬にはいいようがなかった。

大丈夫か、と修馬は声をかけた。どこにも怪我《けが》はないか。

大丈夫だ、と勘兵衛が大きくうなずいてみせた。勘兵衛、なにゆえ目が見えなくなったのだ。修馬は知りたくてならず、勘兵衛にたずねた。

そのあいだ刺客はなぜか斬りかかってこず、修馬と勘兵衛の会話にじっと耳を傾けている様子だった。

ちらりと刺客のほうを見やり、そやつの術に嵌《は》まったのだ、と勘兵衛が答えた。目が見えなくなる術か、この世には恐ろしい術があるものだな、と修馬はいった。もう見えるのだな、と勘兵衛に確かめる。

はっきり見えるぞ、と勘兵衛がかすかな笑みとともに顎《あご》を引いてみせた。おぬしの鼻毛まで見えるぞ、と冗談まで口にした。

最大の危機を修馬に助けられたことはわかっているらしく、かたじけなかった、と勘兵衛が感謝の眼差《まなざ》しを送ってきた。

なによいのだ、と修馬はかぶりを振った。助太刀するぞ、と勘兵衛に申し出たものの、すぐに自分が丸腰であることに気づいた。

これで勘兵衛の役に立つわけがなかった。すまぬ、と修馬は謝った。

なによいのだ、と勘兵衛が先ほどの修馬と同じ答えを返してきた。勘兵衛の表情にはずいぶんと余裕があった。

刀を正眼に構えるや、勘兵衛が能舞台を行くようにすっと前に出ていく。再び黒ずくめの般若面と戦いはじめる。

目が見えるようになった勘兵衛は、先ほどよりも明らかに勢いを増していた。体に力はまったく入っていないのに、振りが見ちがえるほど鋭くなっているのだ。

俺の顔を見たことでそれほどまでの力を得たのか、と修馬は喜びを隠せなかった。

これならなんら案ずることはない。勘兵衛は必ず勝つ、と修馬は確信した。

黒ずくめの般若面に、勘兵衛が続けざまに際どい斬撃を浴びせた。黒ずくめの般若面は勘兵衛に圧倒され、ずるずると下がるしか手立てがなくなっている。

勘兵衛は軽やかな足運びで、黒ずくめの般若面を武家屋敷の塀際に追い詰めていった。

どうりゃあ、とすさまじい気合とともに勘兵衛が放っていった逆胴を、黒ずくめの般若面はなんとかかわしたものの、足を滑らせるような形でわずかに体勢を崩した。

そこを逃さず、勘兵衛が上段からの斬撃を見舞った。これもぎりぎりで黒ずくめの般若面は避けたものの、空足を踏んだかのようによろめいた。

それを最大の好機と見たか、勘兵衛が一気に突進し、袈裟懸《けさが》けに刀を振り下ろしていった。力のまったく入っていない、見惚《みと》れるような斬撃だった。

黒ずくめの般若面は勘兵衛の刀を弾き上げようとしたが、それはかなわなかった。勘兵衛の刀は黒ずくめの般若面の刀をよけ、胴へと変化したのだ。

体勢を崩していた黒ずくめの般若面は勘兵衛の斬撃を避《よ》けきれなかった。必死に体を動かし、かわそうとはしたようだが、右足を勘兵衛の刀がかすっていった。

黒の伊賀袴《いがばかま》が二寸ばかり裂かれ、そこから白い肉が盛り上がったのを修馬は目の当たりにした。まず浅手に過ぎないだろうが、鉄気臭さが立ちのぼり、修馬の鼻を突いた。

その血のにおいに興奮したわけではなかろうが、勘兵衛が黒ずくめの般若面にすかさず躍りかかろうとする。

いきなり黒ずくめの般若面が身をひるがえし、道を走り出した。

あっ、逃げやがった。修馬は呆然《ぼうぜん》としかけたが、間髪容《い》れず追いかけようとした。

だが、丸腰の自分にできることはなにもないのを覚り、数歩走ったところで足を止めた。

その場に立ったまま、勘兵衛は追おうとする気配をまったく見せなかった。ふうふうとふいごのような荒い息を吐き、両肩を激しく上下させている。

すでに黒ずくめの般若面の姿は闇に紛れ、見えなくなっていた。駿馬《しゅんめ》のように逃げ足が恐ろしく速かった。

無事でよかった、と修馬は勘兵衛に近づき、声をかけた。

修馬を見た勘兵衛が苦笑を漏らし、疲れた、と一言だけ答えた。修馬が来てくれて本当に助かった、と礼をいってきた。

俺はなにもしておらぬ、と修馬は首を横に振ったが、刺客を撃退できたのは修馬のおかげだ、と律儀者らしく、勘兵衛は深々と腰を折ってみせたのだ。

大きな頭をそんなに深く下げたらあまりに重くて上がらなくなってしまうぞ、と修馬はいいそうになったが、その衝動はなんとか抑え込んだ。

なにごともないように顔を上げた勘兵衛が、鮮やかな手並みで刀を鞘《さや》におさめる。俺の危難を知ったかのように駆けつけてくれるなど、今も俺と修馬は友垣なのだな、と満足そうにいって微笑を浮かべた。

駆けつけたわけではないのだが、といいかけて修馬は別のことを口にした。当たり前ではないか、勘兵衛、俺たちは今も強い絆《きずな》でつながっておるのだ、といって勘兵衛を見つめた。勘兵衛が俺を馘《くび》にした男だといっても、俺の大事な友垣であるのはまちがいないのだぞ、とまじめな顔で続けた。

その修馬の言葉を聞いて、勘兵衛はすまなそうな顔つきになった。必ず復職できる道をつくるゆえ、修馬、今しばらくこらえてくれぬか、と懇願してきた。

まさか、と修馬は仰天した。勘兵衛の口から徒目付への復職という言葉が出るなど、思いもしなかったのだ。

勘兵衛を見つめ直した修馬は、そのような道がまことにつくれるものなのか、と勘兵衛に問うた。

勘兵衛がなにやら口を開きかけたところで、残念ながら修馬の目は、覚めてしまったのである。

――うーむ、勘兵衛の返事が聞きたかったな。あいつは、いったいなんといおうとしたのだろう。

不意に疲れを覚え、修馬は目を閉じた。このまま、また眠りに落ちるのではないか。そんな気がした。

――夢の中の出来事ゆえ、勘兵衛がなにをいったところでまったく当てにはならぬが、やはり気にかかるな。

当てにならぬこともないか、と修馬は思った。

――正夢ということもあるではないか。

今度会ったとき、と修馬は思った。勘兵衛に本当にその気があるのかどうか、ただしてみるとするか。

――いや、やめておこう。

枕《まくら》の上で首を振って修馬は吐息を漏らした。

――もしその気はないと勘兵衛が答えたら、俺は立ち直れぬぞ。

眠気はすぐにはやってこず、修馬はまた目を開けた。復職か、と改めて考えてみた。

それができたら、どんなに幸せだろう。

食いっぱぐれがないからとか、そのようなさもしい気持ちから徒目付に戻りたい、と修馬は思っているわけではない。

――俺は、やはり勘兵衛の下で働きたくてならぬのだ。俺にとって、勘兵衛という男はなくてはならぬ男なのだ。

そんなことを考えたら、修馬は勘兵衛に会いたくてならなくなってきた。

今すぐにでもこの物置を出て、番町に行きたい。勘兵衛と膝《ひざ》つき合わせて話をしたい。

しかし今の刻限は、まだ四つを過ぎたくらいであろう。いきなり押しかけていったら、勘兵衛も久岡屋敷の者たちも迷惑でしかない。

ここはこらえるしかなかった。

――しかし、なにゆえあのような夢を見たのだろうか。

寝床に横になったまま、腕組みをして修馬は考えてみた。

まさか、と思い当たって眉根《まゆね》を寄せた。

――もしや勘兵衛の身になにかあったのではあるまいか。あの夢は、その暗示ではないのか。

むう、と修馬はうなり声を発した。それしか考えられぬのではないか。

――もし勘兵衛に危害を加える者があるとするならば、やはり般若党であろう。勘兵衛は、般若党の刺客に襲われたのだろうか。勘兵衛は無事なのだろうか。あの夢はまさしく正夢だったのではないか。

いても立ってもいられなくなってきた。眠気がすっかり去り、修馬は寝床にむくりと起き上がった。

――今から番町に行ってみるか。仮にまだ勘兵衛が襲われておらぬとしても、警告はできるではないか。あれは、勘兵衛の将来に起きることを予見した夢かもしれぬしな。

用心するよう勘兵衛にいうだけでも十分ではないか。もっとも、勘兵衛は身の回りには気を配っているはずだ。

すっくと立ち上がり、修馬は素早く着替えをすませた。刀を腰に帯びる。浪人の身の上だけに脇差《わきざし》はなく、一本差である。

物置を出た。夜風が頬をなぶる。思った以上に涼しい。

空は晴れており、数え切れないほどの星が、競うようにまたたいている。星明かりで江戸の町は十分過ぎるほど明るかった。

それでも、修馬は提灯《ちょうちん》に火を入れた。提灯をつけずに夜道を行くことは法度である。これを破ったからといって、しょっ引かれるようなことはまずないのだが、もし咎《とが》められることがあった場合、そんなことで時を取られるのがもったいなかった。今は一刻も早く勘兵衛の無事な顔を見たい。

待っておれ勘兵衛、と心で告げ、修馬は勢いをつけて駆け出した。

今は夜の四つを過ぎたからといって、町々の木戸が閉じられることは滅多にない。

以前、東海道の高輪《たかなわ》大木戸や中山道《なかせんどう》の板橋大木戸、甲州街道の四谷大木戸などが暮れ六つで閉じられていた頃は、町々の木戸は四つに必ず閉められていた。

だが、この国全体の治安がよくなり、東海道などの主街道を夜間でも往来する者が多くなりはじめると、暮れ六つに大木戸を閉めてしまうのでは旅人にとってひじょうに不便になってきた。

そのために五十年以上も前に、大木戸はどこも閉められなくなったのだ。四谷の大木戸のように撤去されたところもある。

大木戸が閉じられなくなると、江戸の町々の木戸も閉められなくなった。その頃には辻斬《つじぎ》りが最後に行われたのがいつだったか、知る者がいないくらい江戸の治安はよくなり、木戸を閉める必要は、ほとんど失われていたのである。

町々の木戸を閉めてしまうと、夜鳴き蕎麦《そば》屋など、夜の商売をしている者たちにとっても不便この上なかった。

町々の木戸が閉められなくなったおかげで、江戸の町人たちは、心置きなく夜っぴて遊べるようになったのである。

物置をあとにして五町ばかり夜の町を走った頃、妙な気配を嗅《か》いだように修馬は思った。

背後に、なにか引っかかるような感じがあるのだ。誰かがいるような気がしてならない。

走りを止めることなく、修馬は背後の気配を背中で探ってみた。

——まちがいない。俺をつけている者がおるぞ。

それが誰なのか、わからないが、修馬は尾行者の存在を確信した。ひたひたという足音がときおり耳を打ってもいる。それはまるで、話に聞く忍びのような足音である。

いったい何者なのか、と修馬は心中で首をひねった。しかしながら、さして考えるまでもなかった。

——この俺をつけるなど、般若党以外、考えられぬ。

尾行者は、どうやら一人のようだ。距離は十間ほどか。

——それにしても、この俺に覚られるなど、お世辞にもうまい尾行とはいえぬな。般若党の中でも下っ端の者ではあるまいか。

——だが、このような刻限に俺をつけてくるというのは、どういうことだ。

その答えを覚り、修馬は背筋が寒くなった。

——もしや、常に俺を見張っている者がいるということではないのか。

これまで、そんな気配を感じたこともなかった。

——なんと迂闊《うかつ》な。

修馬はさすがに慄然《りつぜん》とするしかない。

すぐに気持ちを立て直した。落ち込んだところで、どうなるわけでもないのだ。

――そうか、般若党は俺に監視の者をつけていたのか。となると、きっと、勘兵衛にも同じように見張りの者がついているのではなかろうか。

徒目付頭の勘兵衛は、般若党にとって修馬とは段ちがいに重要な人物だろう。それゆえ、多人数で見張っているのかもしれない。

むう、と走りながら修馬はうなった。

――夢の中では黒ずくめの般若面一人と刃をまじえていたが、実際には勘兵衛は、大勢の敵と戦ったのではあるまいか。勘兵衛は無事なのだろうか。

勘兵衛のことが、ますます案じられてならない。不安の雲が勢いを増して、大きくなっていく。

――とにかく、一刻も早く勘兵衛のもとに駆けつけなければならぬ。

気が急《せ》いてならなかった。

――それには、背後の者をどうかしたほうがよいのではないか。

足を動かしながら、修馬は冷静に考えた。

――監視の者は、俺がどこに行くか、ただ確かめるつもりでいるのか。それとも、どこかで襲う気でいるのだろうか。なに、どちらでもよい。

捕らえてやろう。捕らえ、それで般若党の根城を吐かせるのだ。吐かなかったら、そのまま勘兵衛の屋敷に連れていってもよい。勘兵衛たちならば、必ず吐かせるにちがいない。

——よし、やるぞ。

修馬は顔を上げ、わずかに提灯を掲げた。三間ばかり先の辻が、目に飛び込んできた。

辻にやってきた修馬は、右に折れて二間ばかり進んだ。用水桶《ようすいおけ》の陰に素早く入り込む。

しゃがみ込む前に提灯を吹き消した。あたりが深い闇に包まれる。

修馬が入り込んだ道は一間ほどの広さで、両側は大店《おおだな》の商家の木塀が連なっている。近くに常夜灯があるらしく、十間ばかり先の二階屋の雨戸がぼんやりと鈍い光に照らされている。

だがその明かりは、か弱いものでしかなく、修馬のいる場所までは届かない。

修馬は暗がりに身を置き、じっと息をひそめた。鯉口《こいぐち》を切り、すぐに刀を引き抜けるようにする。

今にも尾行者が姿を見せるのではないか、と胸がどきどきしてきた。

だが、いつまでたっても道に入ってくる者は一人としていなかった。

――おかしいな。

唇を嚙《か》み、修馬は顔をゆがめた。尾行者は十間ほど後ろをつけてきていたはずだ。ここまで待っても来ぬということは、と修馬は思った。覚られたとしか考えようがない。

――提灯を消したのが、よくなかったのかもしれぬ。提灯が消えたことで、尾行者に待ち伏せていることを伝えてしまったことになるのか。

それでも少し首を伸ばし、油断することなく修馬は用水桶の陰から辻のほうを見やった。

辻のあたりに、人の気配は感じられない。ひたひたという足音も聞こえてこない。

――ふむ、やはりしくじったようだな。

軽く息をつき、修馬は立ち上がった。用水桶の陰をあとにし、辻を目指す。刀の鯉口は切ったままだ。まだ気をゆるめることはできない。辻に出たら、尾行者がいきなり襲いかかってくることも十分に考えられるのだ。

辻の手前まで来た修馬は商家の木塀に身を寄せ、あたりの気配を慎重にうかがった。

――ふむ、誰もおらぬようだ。尾行者は去ったのか。

そうかもしれぬ、と修馬は思った。

――いや、尾行者などはなからおらず、俺の勘ちがいだったということはないのか。さすがにそれはあるまい、と修馬は考えた。いくらなんでも、そこまで抜けておらぬだろう。

気持ちを張り詰めたまま、修馬は辻に出た。あたりには人っ子一人いない。夜の壁が幾重にもそそり立っている。

どこかで犬の遠吠えがし、尾を引いて流れていった。その声は、今の修馬の耳には妙に近く聞こえた。

風が吹き渡り、土埃《つちぼこり》を巻き上げていく。それが目に入りそうになり、修馬は目を閉じ、うつむいた。

その瞬間、重い空気に体を包まれた。紛れもなく殺気であることを修馬は覚った。

――襲ってきやがった。

まだ鯉口を切ったままでいた修馬は身をひるがえすや、抜刀した。殺気が放たれたほうへと刀尖《とうせん》を向ける。

「おや」

自然に拍子抜けの声が出た。修馬は目をしばたたいた。

そこには誰もいないのである。闇がどろりと横たわっているだけだ。

また風が吹きすぎていった。土埃が舞ったが、修馬は顔を昂然《こうぜん》と上げていた。目を閉じもしなかった。

「おかしいな」

首をひねって修馬はつぶやいた。

「おっ」

一間ばかり先に、この町内のものらしいごみ箱が置いてあるのに気づいた。ごみ箱に向かって修馬は歩いた。

「おい、そこから出てこい」

ごみ箱に向かって刀を突きつけ、修馬はその陰にひそんでいるはずの者に命じた。

しかし、修馬の言葉にしたがう者はいなかった。

道を回り込み、修馬はさらにごみ箱に近づいた。

ごみ箱の陰は無人だった。

——なんだ、誰もいなかったか。出てこいなどと声を出したりして、俺は馬鹿者としかいいようがないな。

軽く首を振って修馬は刀を鞘におさめた。

――まさかと思うが、体を包み込んだのを殺気だと感じたのも、俺の勘ちがいだったのだろうか。

そんなことはあるまいと信じたかったが、今の修馬は、自信をなくしかけていた。

それから四半刻《しはんとき》もかからなかった。

提灯をぶら下げて、修馬は番町に足を踏み入れた。

つけている者の気配は感じない。

修馬の進む道に、人けはまったくない。修馬が暮らしていたとき同様に、番町は相変わらずひっそりとしている。

まわりの屋敷から話し声やしわぶき、物音は聞こえてこず、静まり返っている。いびきすら、修馬の耳に届かなかった。

もっとも、これは昼間も似たようなものだ。武家屋敷町は、どこも静かすぎるくらいのところが多い。

番町のところどころに辻番所が設けてあり、年寄りの番人が詰めてはいるものの、例外なく居眠りしていた。

辻番所は、江戸に幕府が置かれた頃に辻斬りが横行し、武家が自らの力で屋敷町の治安を守ろうとして、町の要所に置いたことがはじまりである。だが、今は太平の世で、番町のような武家屋敷町に限らず、江戸の町で辻斬りが行われるようなことはまずない。

武家屋敷町の安寧のために辻番所は置かれているのだが、中に詰めている番人がなんの役にも立っていないことが、今の江戸の町の穏やかさを物語っているといってよい。

久岡屋敷に着く前に修馬は見慣れた門を見つけ、我知らず立ち止まっていた。

――久しぶりにこの町に来たものだから、つい、ふらふらと来てしまったのだな。

ちっ、とおのれが情けなくて舌打ちが出そうになったが、修馬は思いとどまった。

――それだけ父上、母上のことが気にかかっているということだ。

目の前に建っているのは、山内屋敷である。徒目付を馘になったことで修馬は父親に勘当され、この屋敷を追われたのだ。

――父上、母上は元気にされているのだろうか。

父には勘当されたとはいえ、とっくの昔に怒りはおさまっている。もともと優しかった母には、はなからなんの文句もない。今の修馬の中には、父母に対する感謝の思いしかなかった。

――よくぞ、この俺をここまで育ててくださったものよ。

両手を合わせて拝みたいくらいの気持ちである。

もう決して若くはない両親がどうしているか、気にはなったが、勘当の身で屋敷内に入るわけにはいかない。もちろん、忍び込んで一目だけでも両親の顔を見たいとの思いはあった。

――きっと母上はこの俺のことを案じられているにちがいない。やせてしまわれてはおらぬだろうか。

がちっと奥歯を嚙み締め、両親の顔を見たいとの思いを修馬は押し殺した。

――徒目付に戻れれば、いずれ大手を振ってこの門をくぐる日もやってこよう。今は、そのときを待てばよい。そこそしてお二人のお顔を見るよりも、正々堂々と見るほうが喜びははるかに大きかろう。

修馬は目の前の屋敷をじっと見た。父上、母上、と修馬は心で呼びかける。

――それがしは必ず帰ってまいります。それまでどうか、ご息災にお過ごしください。

両親が病にもかからず、耄碌《もうろく》することもなく健やかに暮らしていけるよう、修馬は一心に願った。

そのとき、不意に人が寄ってきたような気配を感じた。目を開け、修馬は後ろを振り返った。

半間ばかり先の暗がりに人影が立っている。修馬はぎくりとし、腰の刀に手をやった。

「おぬし――」

その人影がしわがれた声で、のんびりと呼びかけてきた。

「こんな夜更けに、こんなところでなにをしておるのかな」

男は六尺棒を手にしていた。年寄りではあるが、暗闇の中でも目が炯々《けいけい》と光っている。

どうやら辻番のようだ、と修馬は覚った。元は侍というところか。

辻番所が江戸に次々にできはじめた頃は、番人は隠居の侍が多く、勇猛さを売りにする者ばかりだったという話を聞いたことがあるが、今は、詰めている者のほとんどを町人が占めている。

目の前に立っている男は、今の世では珍しい類《たぐい》の者であろう。

「おぬし、辻番か」

修馬は年寄りを見つめて確かめた。

「そうだ。あそこの辻番所に詰めておる者だ」

年寄りが指をさす。半町も離れていないところに辻番所の明かりが煌々《こうこう》と灯《とも》ってい
た。

「先ほどの問いに答えてもらおう」

顔を近づけ、年寄りが修馬をうながす。

「散策だ」

修馬は適当に答えた。

その言葉を聞いて、年寄りがぎろりと瞳《ひとみ》を動かした。若い頃は剣術道場でかなり鳴
らしたのではないかと思わせるような迫力がにじみ出ている。

実際のところ、今も相当の遣い手のままなのではないかと修馬は思った。

「このような刻限にか」

目を怒らすようにして年寄りがただす。

「うむ、どうにも眠れぬでな」

年寄りが、目の前の門を見上げる。

「なにゆえおぬし、この屋敷の前に立っておるのだ。この屋敷となにか関《かか》わりがある
のか」

「いや、なにもない」

かぶりを振った修馬は、その場を離れようとした。

「おぬし、名は」

行かせるものか、という思いを言外に含ませて、年寄りがきいてきた。振り返り、修馬は年寄りを見やった。

「名乗るほどの者ではない。見ての通り、ただの浪人だ」

「おぬし、この町の出ではないのか」

「おや、なにゆえそう思う」

「なんとなくだ。わしの勘よ」

「さて、どうだろうかな」

軽く顎を動かし、修馬はとぼけた。

「おぬし、この屋敷に以前、仕えていたのではないか」

年寄りが決めつけるようにいった。

「仕えてなどおらぬ」

これは嘘《うそ》ではない。年寄りが言葉を続ける。

「最近、元奉公人が屋敷に忍び込み、主人を殺害するという出来事があった」

「ほう、それは初耳だ。番町でのことか」

「いや、他の町でのことだが、前車の覆るは後車の戒め、ということわざもあるくらいだ。用心はせねばならぬ」

そんなことわざを修馬は初めて聞いた。

「とにかく、おぬしに詳しい話が聞きたい。あそこの辻番所まで来てくれぬか」

「いや、俺にこの屋敷の者を害そうなどという気は、これっぽっちもない。遠慮させてもらおう」

「そうはいかぬ」

すごむように年寄りが六尺棒を持ち上げる。

「この町をうろつく怪しい男を、このまま帰すわけにはいかぬ」

「ほう、俺を力ずくで止めるというのか」

目を光らせて修馬はただした。

むう、とかすかな声を漏らし、年寄りが後じさりする。修馬を凝視してからかぶりを振ってみせ、六尺棒をだらりと垂らす。

「いや、やめておこう」

修馬の迫力に気圧《けお》されたように年寄りが口にした。

にこりとして修馬は再び歩き出そうとして、すぐに足を止めた。年寄りを見やる。

修馬の後ろ姿をじっと見ていたらしい年寄りが、ぎくりとした。

「どうかしたか」

修馬はきいた。

「いや、なんでもない」

腹が据わっているようだったが、と修馬は思った。見せかけに過ぎぬのか。

「おぬしに一つききたいことがあるのだが、よいかな」

唾《つば》でも飲んだのか、年寄りが喉仏《のどぼとけ》を上下させた。

「なんなりと」

「今夜、番町の中でなにか騒ぎがなかったか」

首をかしげ、年寄りが不思議そうに修馬を見つめる。

「いや、なにもないと思うが。おぬし、この町で騒ぎがあったと耳にしたのか」

「いや、ないのなら、それでよい」

修馬は咳払《せきばら》いをした。その音は意外なほどの大きさで、番町に響き渡った。年寄りが咎《とが》めるような目をする。

「それがよかろう」

「すまぬ」

修馬は頭を下げた。

「もう一つききたいのだが、よいか」

うむ、といって年寄りがしわ深い顎を引いた。

「誰か怪我を負って、屋敷に医者が呼ばれたというようなことを聞いておらぬか」

「いや、そのようなことも耳にしておらぬ」

「死人が屋敷に担ぎ込まれたというようなこともないか」

「今宵はそういう騒ぎもないが、おぬし、なにゆえそのようなことをきくのだ」

気になる夢を見たのだ、とはさすがにいえない。

「なに、なにもなければそれでよいのだ」

なおも修馬にききたそうな顔をしていたが、年寄りはそれ以上、口を開かなかった。

「では、これでな」

年寄りにうなずきかけて修馬は歩き出した。

「おぬし、これからどこに行くのだ」

年寄りが背中に言葉をぶつけてきた。

「家に帰るのさ」

修馬は背中で答えた。

「それでは帰り道が逆ではないか。おぬしはあちらから来たはずだ」

足を止め、修馬は振り返った。三間ばかり離れたところで、六尺棒を右手で握り締めた年寄りが左手を掲げ、東の方角を指し示している。

「いったん来た道を戻るというのは、性に合わぬのだ。ちと遠回りをして、家へ帰ろうと思っておる」

「ふむ、そうか。散策ならそれもよかろう」

年寄りが納得したような声を出した。

前を向き、修馬は歩を進めはじめた。なにもなかったかもしれないが、番町まで来たのだ、やはり勘兵衛の顔を見ておこうと思った。

——無事な顔を見られさえすれば、俺も安心できるゆえな。

早足になり、修馬は久岡屋敷を目指した。山内屋敷と、さして離れているわけではない。

無意識のうちに足を運んでしまったとはいえ、やはり実家には行くべきではなかったのだな、と修馬は思った。

——ゆえに辻番所の番人に見咎められるという仕儀になり、いらぬ時を取られてしまった。もったいないことをした。今頃は、とっくに勘兵衛と話ができていたはずなのに。

修馬はさらに歩調を速めた。

むっ。

それから十間も行かないうちに、またしても修馬は胡散臭《うさんくさ》げな気配を嗅《か》いだ。

——誰か俺をつけておるな。いや、もしやすると、先ほどの番人かもしれぬ。俺が番町をまちがいなく出ていくか、見届けるつもりでおるのやもしれぬ。

背後にいるのが誰であれ、尾行に気づいたことを知られたくなく、修馬は振り返るような真似《まね》はしなかった。背後の気配を背中で探ってみた。

すぐに顔をしかめることになった。

——この気配は、番町に来る途中、感じたものと同じではないか。

ということは、と修馬は思った。後ろにいるのは番人ではない。

——やはり尾行者はおったのだ。勘ちがいなどではなかったのだ。尾行者は番町に入ってからも、俺から目を離していなかったということになるのか。ふむ、まったく気づかなかったぞ。油断した。

ほぞを嚙んだ修馬は歩を進めながら、さりげなく刀の鯉口を切った。

——今度こそ捕らえてやる。決して逃がさぬぞ。

それにはどういう手立てを取ればいいだろうか、と修馬は落ち着いて思案した。

——辻を曲がり、待ち伏せるというのは、あまりに芸がなさすぎる。

尾行者がどのくらいまで近づいているのか気になり、修馬は背後の気配を探った。

すでに、五間ばかりの距離しかないことを察した。尾行者には、気配を消そうという気はほとんどないようだ。

——俺をなめておるゆえだろうな。

よし、と修馬はすぐさま腹を決めた。

——構わぬ。この場で待ち構えてやる。ふむ、考えてみれば番町というのはちょうどよいではないか。勘兵衛に引き渡すのに、恰好《かっこう》の場所といってよい。

修馬が思案している最中に、さらに尾行者との距離は縮まっていた。今はもう二間もないのではないか。

——よし、やるぞ。

足を止めるや、修馬はさっと振り向き、腰を落として抜刀した。間髪容れず背後の者に刀を突きつける。

「あっ」

力のない声を漏らしたのは修馬だった。

そこにいたのは、先ほどの年寄りだったのだ。いきなり修馬が刀を抜き、刀尖を鼻に触れんとするところまで近づけてきたことに、うおっ、と叫び、今にもひっくり返りそうなほど驚いたのである。

「なんだ、おぬしだったのか」

修馬は気が抜けた。同時に、安堵《あんど》の息もついていた。

「刀を引いてくれぬか」

年寄りが唇を震わせて懇願する。これほどおびえたような顔を見せるとは、と修馬は思った。よほど怖かったと見える。

「ああ、すまぬ」

小さく頭を下げて、修馬は刀を手元に戻した。いや待てよ、とすぐに思い直した。

――なにやら妙ではないか。気配が同じというならば、同じ者がつけてきたことにならぬか。

すぐにまた刀を突きつけられるように気構えをしつつ修馬は、目の前の年寄りを見つめた。

年寄りは、六尺棒をがっちりと握っている。修馬を見る目は底光りしており、油断というものが感じられなかった。

こちらの隙《すき》に乗じて六尺棒で殴り倒してやろうという気が、その目にあらわれているように修馬には見えた。

――こいつがやはり尾行者だ。

年寄りをにらみつけて修馬は確信した。

――こやつは、番町の辻番などではない。それらしい芝居をしていたに過ぎぬ。般若党の一味にちがいあるまい。

そう修馬が覚った瞬間、年寄りの目がぎらりとした光を帯びた。

「さすがだな、わしの正体を見抜いたようだ」

しわがれた声でいい、年寄りが不敵な笑いを見せた。

「当たり前だ。このくらい見抜けぬで、徒目付がつとまるはずがない」

「まともにつとまらぬで、馘になったと聞いたがな」

嘲弄《ちょうろう》されて修馬は、むっとしたが、その思いを表情に出さないように心がけた。

「やはり馘というのは、おぬしらの芝居に過ぎぬのかな。おぬしが妙な動きをしたら、すぐさま始末するように、わしは命じられておる。おぬしが番町に来たということは、久岡勘兵衛に会いに行くつもりであろう。あの大きな頭の男に、どのような用件があるというのだ」

「答えるわけがなかろう」

「おぬし、騒ぎがなかったか、怪我をした者がおらぬか、とずいぶん気にしているようだったが、久岡勘兵衛が我らに襲われたと思うておるのか」

「ちがうのか」

「いや、ちごうてはおらぬ」

むっ、と修馬は眉をひそめた。

「やはり勘兵衛を襲ったのだな」

勘兵衛は無事なのか。修馬は気にかかって仕方なかった。しかし、きっと無事なのだろう、とすぐに思った。

もし無事でないなら、勘兵衛に会いに行こうしている修馬を殺す必要はないはずだ。

修馬はほっとし、笑みを浮かべた。

「なにを笑っておる」

「勘兵衛が無事なのがわかって、うれしくてならぬのだ」

「そうか。わしとしたことが口を滑らせたようだ。まあ、よい。どのみちおぬしはここに骸《むくろ》を横たえるのだからな」

年寄りが修馬をねめつける。

「とにかく、おぬしはこれまで一度たりとも、徒目付頭に会いに来たことはなかった。だが、今日はそのような真似をした。これは、まさしく妙な動きとしかいいようがない。徒目付頭と元徒目付が今もつながっているという、これ以上ない証《あかし》といってよい」

「いくら徒目付を馘になったとはいえ、つながりくらいはあって不思議なかろう」

「おぬしは久岡勘兵衛を怨《うら》みに思っているはずだ」

「今はそうでもないのだ」

「それは、やはりなんらかの密約ができたからであろう」

決めつけるようにいった年寄りが懐に手を突っ込み、般若面を取り出した。

おっ、と修馬は目をみはった。

般若面を慣れた手つきで年寄りが顔につけた。殺気が全身からにじみはじめた。

——般若党の者どもは戦う際、般若面を必ずつけるよう、命じられているのだろうか。

顔はすでに見られたというのに、般若面をつけたということは、そういうことなのではないか。

「山内修馬、死んでもらおう」

くぐもった声でいい、般若面の年寄りがわずかに後ろに下がった。

——おっ、後ずさりするなど、いったいなにをする気だ。どうでもよい。こちらから斬り込んでやる。

刀を正眼に構え、戦意を燃えたぎらせた修馬が突進しようと動き出すのと同時に、般若面の年寄りが六尺棒を振り上げた。

と思ったら、いきなり六尺棒が反転し、いきなり修馬に向かって振り下ろされた。

その一連の動作は、年寄りとは思えないほど素早かった。正直、修馬の目にはとまらなかった。般若面の年寄りが後ろに下がったのは、六尺棒にうってつけの間合を得るためだったのだ。

あまりの速さに横に動いてよけるいとまなどなく、修馬は刀を眼前に上げて、六尺棒をまともに受け止めることになった。

がきんっ、とすさまじい音がし、修馬は両足がずん、と地面に沈み込んだのを感じた。

ほぼ同時に自分の刀の腹が、がつ、と額に当たった。その弾みで、刀の腹が額に当たったのだ。

刀の腹で六尺棒を受け止めていた。修馬は刀の峰や刃ではなく、傷を負いはしなかったものの、さすがにかなりの痛みを伴った。六尺棒による打撃は、恐ろしいほど強烈だった。

痛みだけでなくしびれが頭に広がり、修馬は顔をしかめたが、この程度のことは、刀の腹で六尺棒を受ける前から織り込みずみである。額が割れたわけではなく、血が流れ出たわけでもない。

たんこぶくらいはできたかもしれないが、そのくらい大したことはない。

――この野郎、やりやがったな。

それでも、怒りの炎がめらめらと勢いよく立ち上がった。ぶっ殺してやる。修馬の中で激しい闘志が湧《わ》いてきた。

とおっ、と声を発して修馬は深く踏み出した。いきなり相手との距離を一気に縮めることに怖さはあったが、ここで躊躇《ちゅうちょ》などしていられない。

戦いの場においては、ためらいを抱いた者から死んでいくものだ。勇をふるって踏み込んだ者が勝つようにできている。修馬は般若面の年寄りを間合に入れ、猛然と袈裟懸けに刀を振るっていった。

般若面の年寄りが、六尺棒で修馬の斬撃を弾き上げた。万歳するように修馬の両手が上がった。

がら空きになった胴をめがけ、般若面の年寄りが六尺棒を振るってきた。修馬は上段から刀を振って、六尺棒を叩《たた》き落とした。

六尺棒と刀がぶつかり合う、がつ、という音が番町に響き渡った。それは修馬の耳にも入り込んできたが、すぐに虚空に吸い込まれていった。

修馬が刀でしたたかに叩いた六尺棒が地面を打ち、瞬時にはね上がった。

般若面の年寄りの手の中で、抑えが利かなくなったように六尺棒が揺れ躍ったのを、修馬は見逃さなかった。その隙を逃さず、逆袈裟に刀を振り上げていった。

般若面の年寄りは、明らかに狼狽《ろうばい》しつつも六尺棒をなんとか持ち直した。六尺棒を盾にして、修馬の刀をがっちりと受け止める。

またも、がきんっ、という音が激しく立った。修馬から見ても、六尺棒は斬撃にぎりぎり間に合った感じだった。

般若面の年寄りは冷や汗を流したのではないか、と修馬は思ったが、そのときにすでに逆胴を見舞っていた。

それも、般若面の年寄りはかろうじて打ち返した。修馬は手を休めることなく、刀を上段から振るっていった。

戦いの流れは、いま自分のほうにまちがいなくきている。修馬はこの流れに乗り、般若面の年寄りを瀬に突き落としてやるつもりでいるのだ。

その上で、死なない程度の怪我を負わせ、捕らえるのだ。これが、修馬が頭で思い描いている筋書である。

上段からの修馬の斬撃を、般若面の年寄りは後ろに下がることでかわした。刀は空を切ったとはいえ、修馬は一気に間合を詰め、刀を振り上げていった。

それを般若面の年寄りは体を開くことでよけてみせたが、すでに体勢は崩れかけていた。修馬から目を離しはしなかったが、体の軸がすでにずれていた。これでは六尺棒を振ることなどできないだろう。

——絶好の機会だ。

再び深く踏み込んだ修馬は、袈裟懸けに刀を落としていった。

だが、般若面の年寄りもしぶとく、腕の動きだけで六尺棒を操り、修馬の刀を払ってきた。刀は横に弾かれたものの、六尺棒に力は籠もっておらず、修馬の両手が万歳するようなことはなかった。

間髪容れず、修馬は上段からの斬撃を繰り出していった。

般若面の年寄りは、修馬の斬撃を六尺棒で払いのけるか、横に動いてかわすか、一瞬、迷ったようだ。

結局、六尺棒では間に合わないのを覚ったらしく、体を動かすほうを選んだのだが、そのときには修馬の刀は般若面の年寄りの顔を捉えようとしていた。

強烈な斬撃が迫ってくるのを目の当たりにして般若面の年寄りは、まずいっ、と鳥肌を立てたかもしれないが、同時に修馬のほうも、しまった、と思った。

このままでは般若面の年寄りを殺してしまうではないか。

あわてて両腕を少しだけ動かし、修馬は般若面の年寄りの左肩に改めて狙いを定めた。左肩を斬りさえすれば、般若面の年寄りは六尺棒を自在に動かすことは、もはやできぬ、と考えたのである。そうなれば、捕らえるのはたやすいはずだった。

だが、修馬は実際には余計なことをしたのだ。そのままなにもせずに刀を振り下ろしておけば、般若面の年寄りが体をひねったために、おそらく刀は左肩を斬り裂いただろう。

しかし、狙いを修馬が変えたことで、般若面の年寄りは斬撃をよけきったのだ。修馬の刀は、またしても空を切ったのである。

死地を脱した般若面の年寄りが勢いを取り戻し、右手のみで六尺棒を振るってきた。

六尺棒は、ぐーん、と一伸びし、修馬の頭を打ち据えようとした。

六尺棒は、もし刀の腹で受けたら刀身を粉砕しそうなほどの威力を秘めているように感じられたが、それだけに般若面の年寄りの動きは、これまで以上に大きくならざるを得なかった。

これほどの大技を修馬の体勢を崩すことなく遣わざるを得なくなっていることに、般若面の年寄りがいかに追い詰められているか、修馬は覚った。

——俺の勝ちは近いぞ。

確信した修馬は六尺棒をあっさりとかいくぐり、般若面の年寄りの懐に肉薄した。頭も体も冴《さ》え渡っており、修馬の動きは軽快そのものだった。

般若面の年寄りはあわてて六尺棒を引き戻そうとしたが、修馬の動きのほうがはるかに速かった。

般若面の年寄の懐はがら空きで、そこに刀を入れるのは大根を切るよりも易かった。急所を斬ってしまわぬように留意して、修馬は刀を振るった。狙ったのは、般若面の年寄りの右腕だった。

すぱり、という感じで刀は右腕に入った。今回はさけることがかなわず、うっ、と般若面の年寄りがうめき声を上げた。

般若面の年寄りの右腕に、かなり深い傷を与えたことを、修馬ははっきりと見て取った。

手加減しただけにさすがに右腕を切断するまでには至らなかったものの、般若面の年寄りは、六尺棒を左手だけで握るしかなくなっている。

すでに利かなくなった右手はだらりと下げられ、傷口からおびただしい血が流れ出していた。

袖がみるみるうちに暗い色に染まり、着物からしみ出した血が、ぽたりぽたりと音を立てて地面に落ちていく。

「観念しろ。早いところ血を止めぬと、死ぬことになるぞ」

刀を正眼に構えて、修馬は冷静な口調で告げた。

「うるさい」

左手で六尺棒を持ち上げて、般若面の年寄りが怒鳴るようにいった。般若面の二つの穴から、こちらを悔しげににらみつけている目を、修馬ははっきりと見た。

「よいか。降参すれば、命までは取らぬ。右手の手当もしてやるが、どうだ」

「やかましいっ」

般若面の年寄りが再び怒声を放つ。

「わしは死など恐れておらぬのだ」

「ならば、容赦はせぬぞ。よいのか」

「来るなら来いっ」

「承知した」

刀を上段に振り上げた修馬は力を入れることなく土を蹴《け》り、一気に躍りかかった。

般若面の年寄りを一瞬で間合に入れ、刀を袈裟懸けに振り下ろしていく。

修馬の中では必殺の剣といえるだけの得意技だったが、むろん、命を取る気はない。

今度は、はなから狙いを般若面の年寄りの左足に定めていた。

——足を斬ってしまえば、逃げることはもはやかなわぬ。

そういう思いから、修馬は般若面の年寄りの足を狙ったのである。

だが、その狙いは般若面の年寄りには、あからさまに透けて見えていたようだ。両足でとんぼを切るようにして後ろに跳ね飛び、修馬の斬撃をかわしてみせたのだ。

——相当の血を失ったはずなのに、まだこのような真似ができるのか。

修馬はさすがに目をみはった。年寄りのくせに、どこまで鍛えているのか。

般若面の年寄りは三間ばかりを隔てて修馬を見ている。右腕はだらりと下がったままだ。

——捕らえてやる。

般若面の年寄りに向かって修馬は突進した。

いきなり般若面の年寄りが体をひるがえした。背中を見せて走り出す。

——逃がすか。

般若面の年寄りはすでにかなりの血を失っている。どうせ長くは走っていられないはずだった。

姿を見失わないように追いかけていけば、必ずや捕まえることができるにちがいない。

だが思いのほか、般若面の年寄りの足は速かった。とはいえ、番町内を走っている最中は、般若面の年寄りの背後をついていくことができた。

しかし、番町を抜けてさらに五町ほど駆けたところで、あたりは町屋ばかりになった。

道が細くなり、路地がそこかしこに口を開けている。ちょこまかと曲がっていく背中を修馬は必死に追いかけたが、ひときわ暗さを感じさせる一つの辻を折れたところで、ついに般若面の年寄りの姿を見失ってしまったのである。

路地のどこに目を走らせても、その姿はなかった。

町屋や長屋が数え切れないほど建て込んでいる裏路地に逃げ込まれては、いくら夜目が利くとはいえ、修馬には、もはやいかんともし難かった。

——くそう、逃がしてしまった。あと少しだったのに。

余りに悔しくて、修馬は地団駄を踏んだ。それでも、地面にわずかに残る血の跡にすぐさま気づき、それを慎重にたどっていった。

しかし血の跡も般若面の年寄りが血止めをしたのか、途中で切れていた。

血の跡を求めてあたりを探してみたが、それらしいものはどこにも見当たらなかった。

くそう、と修馬は歯噛みした。

この深更に、この界隈《かいわい》を必死に捜し回ったところで、先ほどの年寄りを見つけ出すことなど、できるはずもなかった。

——般若党の一人を捕らえ、根城がどこにあるのか、吐かせる絶好の機会を俺は逃がしてしまった。

取り返しがつかないことをしたような気になった。これが徒目付だったら、確実に責任を問われるだろう。

——徒目付でないことが、今の俺には唯一の救いだな。

久しぶりにかなりの距離を走って、修馬は息が切れている。ひどい疲れを覚えていた。

鍛え直さぬと駄目だな、と修馬は思った。顔を上げ、番町のほうを見やる。

すでに刻限は九つを優に過ぎているだろう。これから勘兵衛の屋敷を訪ねることが、修馬には、とても億劫《おっくう》に感じられた。横になりたい、と切に願った。

――俺は、ここからあの物置に帰るつもりでいるのか。

修馬は自らに問いかけてみた。

――最も大切な友の安否も確かめずに、帰ろうというのか。

すぐに、もう一人の修馬がささやきかけてきた。

――帰ってもよかろう。なんといっても、勘兵衛は無事だとわかったのだから。

確かに、と修馬は思った。般若党に襲われたかもしれないが、まず確実に勘兵衛は生きている。

――だが、深手を負っているかもしれぬではないか。

別の修馬が語りかけてくる。

その通りだな、と修馬は心でうなずいた。

――やはり勘兵衛の顔を見ずに帰るなど、とんでもないことだぞ。人としてどうかしておる。

背筋を伸ばし、修馬はしゃきっとした。

――今が何刻だろうと構わぬ。勘兵衛の顔を見ずには帰らぬぞ。

提灯に火を入れた修馬は、重い足を引きずるようにして番町を目指し、歩きはじめた。

二

器用な手つきだ。

座しながら勘兵衛は見とれた。

手元に灯っているのは行灯一つである。決して明るいとはいえない。美音の手元は、せいぜいが夕方程度の明るさでしか照らされていないだろう。

勘兵衛の目を感じたように美音がそっと顔を上げた。勘兵衛を見つめてほほえむ。

「いかがされました」

小首をかしげてきいてきた。

行灯の明かりに照らされて美音の顔は神々しいほど美しく見える。

我が妻ながら、と勘兵衛は誇らしく思った。すばらしい女性としかいいようがない。

「いや、実に巧みな針の使い方だな、と感心しておったのだ」

「いえ、なにほどのことはありませぬ。おなごとして、このくらいは当然のことでありましょう」

ふふ、と勘兵衛は笑った。

「しかし、世の中には不器用なおなごも数多くおるだろうからな。そんなことを軽々しく口にしては、美音、大勢のおなごにうらまれるかもしれぬぞ」

「ああ、さようでございますね」

美音がうなずく。

「でしたら、今のはあなたさまと私のあいだだけの内緒話ということにしておきましょう」

「うむ、それでよかろう」

ほっとしたように美音が手元に目を落とし、また縫物に戻った。勘兵衛が般若党の刺客とやり合って切られた着物を、懸命に縫ってくれているのだ。

刻限はもう九つをとうに過ぎているにもかかわらず、眠気などまるで感じさせない顔で一心に手を動かしている。

――美音自身、俺のことが心配でならぬのだろうが、まったく顔に出さぬ。なんとも強いおなごとしかいいようがない。

一緒になる前から美音の芯《しん》の強さは感じていたが、これほどまでとは勘兵衛は思っていなかった。もし戦が起こり、勘兵衛が家臣を連れて出陣するときがきたら、安心して後を任せられる女性といってよい。

――今は妻というより、俺の母親のようになっておるしな。

それほど美音は頼もしい存在になっているのだ。悩み事だけでなく、探索などがうまくいかないときも、勘兵衛は話せる範囲で相談するようにしている。

美音がこれ以上ない示唆を与えてくれることもあれば、語りかけているだけで解決策が頭に浮かんでくることもある。

とにかく勘兵衛にとって、美音という妻はこの上なくありがたい女性なのだ。美音と一緒になって本当によかった、といつも心から思う。美音と結婚して、後悔など一度たりともしたことはない。

「できました」

うれしそうに美音が着物を掲げてみせる。

「どれどれ」

立ち上がり、勘兵衛は美音のそばに寄った。手に取り、しげしげと見る。

「うむ、すごいものだな。きれいに縫いつけてある」

「お気に召しましたか」

「うむ、気に入った。これならば、明日も着ていけよう」

「あなたさま、明日の分は、すでに別の着物を用意してあります。そちらをお召しになってください」

「うむ、わかった。いつも助かる」

美音が勘兵衛の着物を丁寧に畳みはじめた。

「あなたさま、お風呂《ふろ》はどうなさいますか」

「実をいえば入りたいところだが、時造が戻ってくるゆえ、今宵はやめておこう」

「さようでございますか」

「せっかくの美音の心遣いを無にして悪いが」

「いえ、別に構いませぬ。――時造さんはどちらまで行かれたのですか」

「岩隈さまのお屋敷だ」

美音が形のよい顎をすっと上げた。

「では、岩隈さまも襲われたかもしれぬのでございますね」

「そういうことだ。時造にはそれを確かめに行ってもらっておる」

「さようでしたか。心配でございますね」

「まったくだ」

そのとき家臣が、勘兵衛たちの部屋の前にやってきた。

「殿、時造どのが戻られました」

襖越《ふすまご》しに告げてきた。

「客間に案内してくれ」

すぐさま勘兵衛は命じた。

「はっ、承知いたしました」

歯切れよく答えて家臣が廊下を走り去る。

「時造が戻ってきた。美音、さっそく会ってまいる」

「岩隈さまに、なにごともなければよいのですが」

「きっと大丈夫だ。なにも案ずることはない」

自らにいい聞かせるようにいい、勘兵衛は刀を手に取った。

「時造どのにお茶をお持ちいたします。もちろん、あなたさまにも」

「茶を美音自ら、客間に持っていこうというのか」

「はい、そのつもりです」

美音が勘兵衛をじっと見上げている。

旗本屋敷には表と奥という区切りがあり、通常、奥方というのは表にはまず出てこないものだ。奥には、その屋敷のあるじが通うのである。

それは将軍に対する大奥と同じだ。

しかし、美音は久岡家の娘に生まれたということもあり、幼い頃から自由にこの屋敷の表と奥を行き来していた。

勘兵衛の妻になってからは奥にいることが多いとはいえ、屋敷に境目があることは、ほとんど意識していないようだ。

お茶くらい女中に持ってこさせればよい、というのはたやすかったが、勘兵衛には、時造に自分で持っていきたいという美音の気持ちがうれしかった。

時造も、勘兵衛の妻が茶を持ってあらわれたら、さぞかしうれしいのではあるまいか。

——これはうぬぼれに過ぎぬか。

「では、美音の言葉に甘えさせてもらうとするか」

勘兵衛がいうと、美音が頬を桃色にしてほほえんだ。

「では、すぐにお持ちいたします」

「待っておる」

笑顔でいって勘兵衛は襖を開け、廊下を歩きはじめた。

客間は、玄関のすぐ隣に設けてある。入るぞ、と一声かけて襖を横に引いた。隅に灯された行灯の明かりをほんのりと浴びて、時造が端座していた。

「ご苦労だった」

ねぎらってから、勘兵衛は時造の向かいに座した。刀を畳に置く。役目柄、屋敷の中でも刀を手に持っていることがほとんどだ。いつでも出かけられるようにしているのである。

「いえ、なんということもありません」

時造がにこやかにかぶりを振った。

「それで、どうだった」

勘兵衛は気が急いていた。

「岩隈さまの御身には、なにごともございませんでした」

「そうか、それはよかった」

さすがにほっとする。顔をほころばせたが、勘兵衛はすぐに表情を引き締めた。

「時造、俺たちが般若党の者らしい女に襲われたことを岩隈さまに話したか」

「はい、お話しいたしました」

「岩隈さまは、なにかおっしゃっていたか」

「とにかく、久岡さまがご無事であることをお喜びになっていらっしゃいました。これからも決して注意を怠らぬように、ともおっしゃいました」

「岩隈さまに、ご身辺に注意なされるように伝えたか」

「もちろんでございます。岩隈さまは、警護をこれまで以上に厚くしようとおっしゃいました」

「そうか、それはよかった」

まずは一安心というところだな、と勘兵衛は思った。

しかしながら、時造は浮かない顔つきをしている。

「どうした、時造」

「こんなことを申し上げてよいものかと思いますが……」

「なんだ」

小さく顎を動かして勘兵衛は時造をうながした。

「岩隈さまのお屋敷でございますが――」

うむ、と勘兵衛はうなずいた。

「腕の立ちそうなお方が一人もいらっしゃらぬように、お見受けいたしました」

むう、と勘兵衛は顔をしかめた。

「岩隈さまのご家中に、遣い手がおらぬというのか。しかし、岩隈さまは二千五百石もの禄高《ろくだか》を誇るご大身だ。家臣も決して少なくなかろう。それにもかかわらず、遣い手がおらぬというのか」

「手前が見た限りでは、さようで」

眉根を寄せ、勘兵衛は腕組みをした。

「そうか。それは由々しきことだな」

警護を厚くしたところで、遣い手がおらぬのでは、般若党の攻撃を防ぎきれぬのではないだろうか。

特に、勘兵衛が先ほど戦ったばかりの女刺客が久之丞を襲ったら、いったいどうなるのか。岩隈家の家臣は次々に倒され、久之丞も家臣たちと同じ運命をたどることにならないか。勘兵衛の脳裏に暗黒の雲が広がっていく。

——これは容易ならぬな。

やはり、と勘兵衛は考えた。修馬に岩隈さまの用心棒を頼んだほうがよかろう。

人なつこい笑みを浮かべた顔が、勘兵衛の脳裏にあらわれる。

——ゆるみきった顔つきをしていることもときにあるが、あれで修馬はなかなかの遣い手だ。粘り強い剣を遣うし、いざというときの思い切りもよい。軽そうに見えて、意外に思慮深くもある。

山内修馬は用心棒として、かなり使える男なのだ。むろん、徒目付のときも実に有能だった。

——修馬に岩隈さまの警護についてもらえれば、心配の種が一つ減るのだが、果たしてどうだろうか。

勘兵衛はさらに思いを巡らせた。

——今一人、修馬の友垣である朝比奈《あさひな》徳太郎《とくたろう》どのにも用心棒になってもらえたら、鬼に金棒なのだが。

朝比奈徳太郎という男は、江戸でも屈指の遣い手といってよいのだ。

——ふむ、徳太郎どのまで望むのは、さすがに無理だろうか。

とにかく、と勘兵衛は思案を進めた。明日、修馬に会ってみることにしよう。

——徒目付の復職の件に関しては、まだなにもいえぬのが残念ではあるが、修馬は喜んで岩隈さまの警護をしてくれるのではないだろうか。

軽く息をつき、勘兵衛は顎をなでた。

——こんなふうに考えるのは、あまりに虫がよすぎるだろうか。いや、そんなことはあるまい。修馬と俺は友垣だ。今も心は通じ合っておる。

静かに廊下を渡る足音が聞こえてきた。それが客間の前で止まる。

「あなたさま、お茶をお持ちいたしました」

襖が開き、美音が顔を見せた。

「あっ、奥方さま」

時造があわてて両手を畳にそろえた。

「いえ、時造どの、そのようにかしこまることはありませぬ」

客間に入ってきた美音が、茶托《ちゃたく》にのった二つの湯飲みを畳に置いた。

勘兵衛はさっそく湯飲みの蓋《ふた》を取った。ほんのりといい香りが立ちのぼってくる。

心が洗われるようだ。

「では、ごゆっくり。失礼いたします」

笑顔を残して美音が立ち去った。

「相変わらずおきれいですねえ」

首を振って時造が嘆声を漏らす。

「手前は独り身ですからね、うらやましくてならないですよ」

いただきます、といって時造が湯飲みの蓋を取り、茶をすすった。

「ああ、おいしい」

加減のよい湯にでもつかっているかのような表情になっている。

「時造なら、必ずよい女房が見つかるさ」

勘兵衛は請け合った。

「そうだったら、いいんですがねえ」

「きっと大丈夫だ」

「見つかるのはいつですかねえ」

「それはっかりはわからぬな。婚姻というものは縁ゆえ」

――時造にふさわしい娘がおらぬか、常に心がけておいたほうがよいだろうな。美音にもよくいっておこう。

勘兵衛がそんなことを思ったとき、ふと門のほうで人声がした。

時造の耳にもその声は届いていたようだ。

「あれ、どなたか訪ねてきたのではございませんか」

警戒の思いをあらわに、時造が門のほうに顔を向ける。鋭い目をしていた。

「うむ、そのようだな」

――こんな刻限に、いったい誰がやってきたというのだろう。

いちおう勘兵衛は刀を引き寄せ、膝の上にのせた。

——来客ではなく、なにか事件でも起きたのだろうか。まさか、岩隈さまのお屋敷が襲われたとかいうのではあるまいな。

だが、勘兵衛の中で胸騒ぎはまったく感じられなかった。

——悪い知らせではないのかもしれぬ。

来客は、長屋門の詰所にいる門衛が応対しているようで、つぶやくような低い声が聞こえてきている。

その声が途切れてしばらくしてから、宿直の家臣が客間の前にやってきた。殿、と声をかけてくる。

「殿にお客さまでございます」

襖を開けて、一礼した家臣が告げた。

「来客だと。どなただ」

さすがに目をみはって勘兵衛はたずねた。

家臣は思いもかけない男の名を告げた。

「山内修馬さまでございます」

「なんだと」

驚きはさらに増し、刀を手に勘兵衛は我知らず膝を立てていた。

目の前に座る時造も、修馬の名を聞いてびっくりしている。

「まちがいないか」

この深更に修馬が屋敷にやってきたということが信じられず、勘兵衛は確かめずにはいられなかった。

「まちがいございませぬ。それがしも山内さまのお顔は存じておりますので」

「そうであったな」

勘兵衛はいい、端座し直した。

「わかった。こちらに通してくれ」

はっ、と会釈して家臣が襖を閉じた。廊下を玄関のほうに戻っていく気配が伝わる。

「驚きましたね」

時造が勘兵衛に語りかけてきた。

「まったくだ」

噂《うわさ》をすれば影が差す、というが、頭でその人物のことを考えていても、同じようなことが起きるのだろうか。

勘兵衛は、この世の不思議を感じたように思った。

やがて、廊下を渡る二つの足音が勘兵衛の耳に届いた。失礼いたします、と家臣の声がし、襖が開いた。家臣の背後に一人の男が立っている。

——おう、本当に修馬ではないか。

勘兵衛の胸は、湯でも注ぎ込まれたかのように熱くなっていく。修馬に会うのは久しぶりというほどでもないのに、これはどういうわけなのか。

——俺は、やはり修馬が好きでたまらぬのだなあ。

「どうぞ」

家臣にうながされて、修馬が一礼して敷居を越えた。刀は玄関のところで預けたようで、丸腰である。

修馬が勘兵衛の前に座した。にこにこと勘兵衛と時造を柔和に見てから、深くこうべを垂れた。

「こんなに遅くに押しかけて、まことに申し訳ない」

口上のごとき言葉を述べてから、顔を上げた。まるで好きな女がそこにいるように、勘兵衛は修馬に見とれた。

「勘兵衛どの、なにをぼうっとしておられるのだ」

少し身を乗り出し、修馬がきいてきた。

「いや、修馬に会えてうれしくてならぬのだ。感無量というやつだな」

「ほう、そうか。俺も勘兵衛どのにお目にかかれて、心にしみるものがあるぞ。無事でよかった」

勘兵衛は、むっ、と修馬を見直した。

「修馬、いま無事でよかった、といったな」

背筋を伸ばし、修馬が見つめてくる。

「うむ、いった」

「こんな真夜中に訪ねてきたのは、俺の身になにが起きたのか、知っているゆえか」

「勘兵衛どのになにが起きたのか、詳しくは知らぬ」

修馬が軽く息を入れ、勘兵衛の前を見た。

「勘兵衛どの、その茶をもらってよいか」

「もちろんだ。蓋は取ったが、まだ口はつけておらぬ」

「急いで来たので、喉が渇いてならぬ」

「遠慮なく飲んでくれ」

勘兵衛は、茶托ごと湯飲みを修馬の前に滑らせた。

「かたじけない」

湯飲みを手に取り、修馬が静かに茶をすする。ほう、と吐息を漏らした。

「うまい。長生きできそうだ」

「修馬なら、茶の助けを借りずとも長生きできよう」

「そうかな」

修馬が茶を飲み干し、湯飲みを茶托に戻した。人心地ついたようで、わずかに顔色がよくなっている。

「勘兵衛どの、最初から順序立てて話していこう。――実は今夜、いつものように早めに就寝した俺は気になる夢を見たのだ」

「というと」

夢の内容を、修馬が勘兵衛と時造に語って聞かせた。

さすがに勘兵衛は驚愕《きょうがく》した。時造も瞠目《どうもく》している。

「俺が般若党に襲われる夢を見たというのか。しかも、目が見えなくなった俺を助けたというのか」

時造も目をみはって修馬を見ている。

「その通りだ」

まじめな顔で修馬がうなずく。

「修馬、それは何刻頃の話だ」

「多分、四つは過ぎていたのではないかな」

勘兵衛は時造に目を向けた。時造がうなずきを返してきた。勘兵衛は修馬に告げた。

「まさしくその刻限に、俺たちは般若党に襲われたのだ」

おう、と修馬がうなり声を上げた。

「やはり正夢だったか。そうではないだろうかと直感した俺はいてもたってもいられなくなった。夢の中では助けたとはいえ、うつつではどうなったのか、わからぬではないか。俺は、勘兵衛どのに会うために駆け出したのだ。そうしたら、途中こんなことがあった」

その後のことを修馬が話す。

「なんと、修馬も襲われたのか」

それは、勘兵衛の考えてもいなかったことである。

うむ、と修馬がうなずく。

「迂闊《うかつ》なことに気づいておらなんだが、だいぶ前から俺には般若党の監視の者がついていたようだ。俺が妙な動きをしたら、すぐさま息の根を止めるよう上の者からいわれていたらしい。今宵、俺が勘兵衛どのに会おうとしているのを確かめたその監視の者は、会わせるべきでないと考えたのだろう、俺の始末を図ったのだ」

「それで、実際に襲われたのだな。修馬、怪我はないか」

勘兵衛は修馬の全身を見た。

「幸いにしてどこにもない」

「それはよかった」

勘兵衛は心からの安堵を覚えた。

「修馬を襲った般若党の者は一人か」

勘兵衛は新たな問いを放った。

「そうだ。けっこうな年寄りではあったが、なかなか腕は立った」

「その年寄りはどうした」

「捕らえるつもりでおったのだが、残念ながら逃がした」

悔しげに修馬が唇を噛んだ。

「勘兵衛どの、すまぬ」

申し訳なさそうに修馬が頭を下げた。

「いや、別に謝るようなことではないぞ」

心から勘兵衛は告げた。

「俺は、修馬の無事な顔を見られただけで十分だ」

その勘兵衛の言葉に、時造が深くうなずいている。

修馬が温かな目で勘兵衛を見る。

「俺も勘兵衛どのの息災そのものの顔を拝見できて、胸が一杯でならぬ。なにもなくて本当によかった」

「修馬は、俺の顔を見るために、このような刻限に足を運んでくれたのか」

「勘兵衛どのは、俺にとって無二のお方ゆえな。無事な姿をこの目にするまでは、なにも手がつかぬ。もちろん眠ることもできぬ」

「ありがたし」

手を伸ばし、勘兵衛は修馬の両腕をがっちりと握った。

「かたじけない」

「いや、そこまでのことをしたわけではない」

「修馬、それは謙遜《けんそん》に過ぎぬ。俺は修馬に感謝しても、しきれぬのだ」

勘兵衛は修馬から手を放した。

「それはまた大仰な物言いだな」

修馬が苦笑してみせる。

「実は修馬、このようなことがあったのだ」

別段、誰に聞かれても構わないことではあったが、勘兵衛は声をひそめた。

「今夜、俺を襲ってきたのは般若面をつけた女の刺客だ」

ほう、と修馬が嘆声を漏らした。

「そういえば、いつぞや、徳太郎とともに天陣丸《てんじんまる》とかいう般若党の船上で戦ったことがあるが、そのときとんでもなく手強い般若面の女剣士がいたな。あれと、もしや同じ者だろうか」

「そうかもしれぬ」

勘兵衛は同意した。天陣丸で戦いがあったことは、徒目付頭としてむろん知っている。

「その女刺客は妙な剣を遣ったのだ」

勘兵衛は話を続けた。

興味を抱いた顔で修馬がきいてきた。

「妙なというと」

間を置かずに勘兵衛は説明した。

聞き終えた修馬が驚愕の顔になる。

「刀を合わせるとその音で頭が痛くなり、目が見えなくなるというのか」

「そうだ」

横で時造もうなずいている。

「夢の中で勘兵衛どのの目が見えなくなっていたのは、そういうことだったのか」

修馬が納得したという声を出した。

「その通りだ。俺の頭の中にあらわれた修馬は俺の手を引っ張って助けてくれた。俺はそのおかげで女刺客の刀をかわすことができた」

「その頃には、目は見えるようになっていたのだな」

「修馬のおかげで時を稼ぐことができたゆえな。修馬が来たことで勢いづいた俺は、あと数瞬で女刺客を屠《ほふ》れるところまで追い込んだ。その後のことは、むろん修馬は夢で見ておるのだろう」

「俺の夢の中では、女刺客は逃げていった」

「うつつのほうでも同じだ。この俺を亡き者にせん、という強い意志を抱いて襲ってきたはずゆえ、女刺客が逃げるという道を選ぶとは、思いもしなかった」

「それだけ勘兵衛どのの強さが際立っておるということだな。勘兵衛どのを殺したいが、自分が死んでしまっては元も子もないゆえ、その女刺客も引くしかなかったのだろう。勘兵衛どのに追い詰められて、死の恐怖を覚えたに相違ないぞ」

あのとき女刺客は必死に怖さと戦っていたのだろうか、と勘兵衛は思い返した。

——上の者に俺の闇討ちを命じられたのだろうが、だとしたら哀れなものだ。

「生きるために逃げたとなると、きっとまた襲ってくるな」

顔を上げて勘兵衛は修馬にいった。

「それはそうだろう。般若党には、一度のしくじりであきらめるような踏ん切りのよさはないゆえ」

ふう、と息をついて修馬が天井に目をやった。それにしても、といって勘兵衛に思慮深げな顔を向けてきた。

「勘兵衛どのの頭にあらわれた像と、俺の見た夢とが一致するなど、この世には不思議なことがあるものだな」

うむ、と勘兵衛は首を縦に動かした。

「確かに、人知の及ばぬ不可思議なことが起きることがあるのは知ってはいた。だが、それがまさかおのが身に起きようとは、夢にも思わなんだ」

「勘兵衛どの、よい経験になったのではないのか」

「その手のことを一度も経験せずに死なずにすんだのは、よかったような気がするな」

勘兵衛は居住まいを改めた。

「修馬、ところで頼み事が一つあるのだ。聞いてくれるか」

「わかった、引き受けよう」

いきなり修馬がそう答えたので、勘兵衛はあっけにとられた。

「修馬、俺はまだ依頼の中身を話しておらぬぞ」

「依頼の中身がどのようなことであろうと、俺が勘兵衛どのの頼み事を断るはずがないではないか。それに、勘兵衛どのが無茶無体な依頼をしてくるはずがない。ゆえに、俺は即座に、引き受けよう、と申したのだ」

「こちらの胸が熱くなるような言葉だが、修馬、依頼の中身はとりあえず聞いておいたほうがよかろう」

軽く咳払いしてから勘兵衛はどのような依頼なのか、話した。

「岩隈さまの警護か。うむ、お安い御用だ」

胸を張った修馬が快諾する。

「まことか。修馬、まこと岩隈さまの警護についてくれるか」

「うむ、つくぞ。勘兵衛どのがそのようなことを頼んでくるということは、岩隈さまにも命の危機が迫っておるにもかかわらず、役に立ちそうな家臣が家中におらぬということなのではないか」

勘兵衛はちらりと時造を見た。

「修馬のいう通りだ」

「気になるのは、俺が岩隈さまの用心棒となることを、岩隈家の家臣が快く思わぬだろうことだ。だが、そのあたりのお膳立《ぜんだ》ては勘兵衛どのが、してくれるのだろう」

「明朝、岩隈さまにお目にかかり、修馬のことを岩隈さまに話すつもりだ。もっとも、岩隈さまは修馬のことははなからご存じだが。今の俺にできることは、改めて岩隈さまに紹介状を書くくらいだ。お膳立てのようなことはできぬ。修馬、すまぬ」

自分の無力を感じ、勘兵衛は頭を下げた。

「勘兵衛どの、謝ることはない」

修馬が穏やかな口調でいった。

「岩隈家の家臣の気持ちを、さほど斟酌《しんしゃく》する必要はなかろう。とにかく、俺は岩隈さまを般若党の魔手からお守りすればよいのだ。守り切れば、家臣たちも納得してくれるにちがいない」

「そう願いたい。俺からも岩隈さまには、よくよく修馬のことを申し伝えておく」

頼む、というように修馬がこうべを垂れた。目を上げて勘兵衛を見る。

「しかし勘兵衛どの、用心棒役は俺でまことによいのか」

遣い手ならばほかにいくらでもいるではないか、といいたげな顔だ。

「修馬にこそ頼みたい。俺はそれだけ修馬を信頼しておる。遣い手というだけでなく、おぬしは気働きもできる男ゆえ」

「それは、岩隈さまを逃がさねばならぬときのことをいわれているのかな。勘兵衛どのが俺のことを買ってくれるのはありがたいが、俺一人が岩隈さまの警護につくよりも、朝比奈徳太郎どのが一緒のほうがもっとよいのではないか。あの男が一緒なら俺も心強い」

「あれほどの遣い手が岩隈さまの警護についてくれたら、まさに百万の味方を得たも同然だ」

「ならば、徳太郎には俺から話をしてみよう。明朝、さっそく会ってみる」

「よろしく頼む」

「承知した。それで勘兵衛どの、そのあとはどうしたらよいのかな。また明日、この屋敷を徳太郎どのとともに訪ねてくればよいのか」

「いや、千代田城に来てくれぬか」

「お城に。いつ行けばよい」

「夜の四つに下乗橋に来てほしい」

「それはつまり、岩隈さまの帰りから俺たちは警護をはじめるということだな」

「うむ、その通りだ」

「ところで、勘兵衛どのには用心棒はいらぬのか」

いわれて勘兵衛はそのことを考えてみた。

「いれば心強いだろうが、まあ、必要はないかな」

ふふ、と修馬が笑う。

「つまらぬことをきいたようだ。勘兵衛どのはあの女剣士を撃退できるほどの腕前ゆえ、確かに必要ないな。おぬしの場合、自分のために人を盾にすることが意に染まぬのだろうが」

さすがによくわかっておる男だ、と勘兵衛は感心した。

修馬が言葉を続ける。

「用心棒を必要とせぬことはよくわかるが、勘兵衛どの、油断は禁物だぞ。いわずもがなだろうが」

「心遣い、痛み入る」

「心遣いなどではない。当たり前のことをいっておるだけだ」

修馬がすっくと立ち上がった。

「もう夜はかなり更けておるぞ、修馬。もし帰るのが億劫ならば、泊まっていっても
よいのだぞ」

「いや、今宵は帰ったほうがよい。一度甘えると癖になる」

「そうか。修馬がそういうのなら、無理強いはするまい」

「かたじけない」

客間を出た修馬に、家臣が刀を返す。修馬が玄関に下り、雪駄を履く。

「勘兵衛どの、時造、ではこれでな。明日の夜、四つに下乗橋にまいる」

「うむ、必ず会おう。修馬、くれぐれも気をつけて帰ってくれ」

「うむ、決して油断はせぬ」

時造が火を入れた提灯を手に、修馬が久岡屋敷を出ていく。勘兵衛も外に出て修馬
を見送った。

遠ざかる提灯を見つめて、勘兵衛は、修馬とともに般若党を殲滅《せんめつ》することができる
喜びを一人嚙み締めた。

第三章

一

眠りが浅くなった。

寝床に横たわっている将監は目を閉じたまま、左手を伸ばした。

だが、手に触れるものはない。

――なにゆえ睦紀はおらぬのだ。

ああ、そうであった、と将監はすぐに思い出した。

――睦紀は、岩隈久之丞と久岡勘兵衛を殺しに出ておるのであったな。二人を屠《ほふ》るまで帰ってこぬ。

ふむう、と将監はうなり声を上げた。寂寥《せきりょう》の思いが込み上げてくる。

――睦紀のぬくもりが、これほど恋しいとは思わなんだわ。

目を開けた将監は首を動かし、いつも睦紀が横になっている場所を見た。

そこだけぽっかりと暗い穴が空いているような感じだ。

手を伸ばして触ってみた。睦紀のいない寝床は、ひどく冷たかった。

まるで目に見えぬ死骸《しがい》が横たわっているようではないか。将監はたまらず起き上がり、腕組みをした。

――二人を始末するために睦紀を放ったのは、しくじりであったか。闇討《やみう》ちなどさせず、手元に置いておくべきだったのではあるまいか。

座したまま将監は目を閉じた。

――わしには弱みができてしまったのだな。これまでは、金こそがこの世で最も大事なものだった。金が貯まっていくのがなによりの喜びだった。それが今はちがう。睦紀が慕わしゅうてならぬ。

じじ、とかたわらでかすかな音がした。

見ると、行灯《あんどん》の炎が揺れ、黒煙が上がったところだった。

将監は眠るとき、決して行灯を消さない。明るくしてあるところで眠るほうが熟睡できるのだ。

幼い頃からそうだった。乳母が行灯を消そうとすると、むずかったと聞いている。

また行灯から黒煙が上がった。そろそろ油がつきようとしているのか。

ということは、夜明けはさして遠くないのだろう。

――昨夜、睦紀は久岡勘兵衛を殺《や》っただろうか。

黒煙はゆらゆらと揺れつつ、天井の手前で儚《はかな》く消えていった。

――まさか、睦紀のことを暗示しておるわけではあるまいな。いや、馬鹿なことを考えるでない。

将監はおのれを叱咤《しった》した。

――睦紀は久岡勘兵衛を殺り、今は岩隈久之丞をどうやって討つか、手はずをととのえている最中であろう。そうに決まっておる。

なにしろ睦紀には、必殺剣の『龍踏《りゅうとう》』があるのだ。いくら久岡勘兵衛が遣い手だといっても、あの秘剣を打ち破れるはずがない。

龍踏とは、刀同士が打ち合った音が耳に入り込んで頭痛を呼び、目まで見えなくしてしまうという剣である。

刀を打ち合わせることで龍踏が炸裂《さくれつ》し、相手はなす術《すべ》もなく死んでいくという、恐るべき剣なのだ。

――久岡勘兵衛も、あの剣を受けたであろう。ならば、これまでの者どもと同じ道をたどったにちがいない。

しかし、将監は胸騒ぎがしてならない。いくら気持ちを落ち着けようとしても、静まろうとしない。

眠りが浅くなったのも、なんらかの予感があるせいではなかろうか。夜明けが近くなったためだけではない。

――まさか睦紀は、久岡勘兵衛に返り討ちに遭ったのではあるまいな。

そんなことがあるはずがなかろう、とすぐさま将監は強く否定した。

――睦紀に限って、死ぬるようなことがあるはずがない。生きて帰るとわしに約束したではないか。そうよ、睦紀は必ず戻ってくる。

将監は大きくうなずき、息をついた。立ち上がり、刀架の刀を手に取る。

襖《ふすま》を開け、庭に面した廊下に出た。空は漆黒の幕が張り巡らされ、おびただしい星が輝きを競るように光っていた。

濡縁《ぬれえん》のそばの沓脱石《くつぬぎいし》に置かれた雪駄を履こうとして、将監はとどまった。裸足《はだし》で庭に下りる。

足の裏にじかに触れている地面は、ひんやりしている。

刀を抜き、正眼に構えた。

えい、と心で気合をかけ、刀を袈裟懸《けさが》けに振っていった。

少し甘い斬撃《ざんげき》ではあったが、寝起きで、体がこなれていない最初の一振り目なら、こんなものだろう。

しかし、胸騒ぎは消えようとしない。

将監は素振りを繰り返した。

飽くことなく刀を振っているうちに、全身が滑らかに動きはじめ、斬撃も鋭さを増していく。

――そういえば、こうして睦紀とともに刀を振ったものであったな。

幼かった睦紀の筋のよさを知り、将監は徹底して剣術を教え込んだのだ。将監自身、天唯《てんい》流という一刀流の流派の免許皆伝である。

天唯流の道場は江戸にあったが、道場主の龍臥斎《りゅうがさい》が変わり者といってよく、気に入った者しか門人に取らなかった。

龍臥斎の道場は将監の屋敷近くにあり、幼い頃から道場に入り込んでは稽古《けいこ》をよく見ていた。

よい目をしておる、と龍臥斎は幼い将監のことを気に入り、まだ門人になれる歳《とし》でもなかったのに、道場で剣術の基からじっくりと教え込んだのである。

今のおぬしの頃から剣術に励めば、必ず大層な腕前になれよう。

そんなことをいって、龍臥斎は熱心に剣術を仕込んだのだ。

龍踏は天唯流に二つある秘剣のうちの一つで、免許皆伝の身となった将監は龍臥斎から教えを受け、それを龍臥斎の死後、睦紀に伝えたのである。

睦紀は、もともと将監の友垣の娘だった。友垣は畑中満之介《はたなかみつのすけ》といい、将監ほどの大身《たいしん》ではないが同じく旗本だった。

満之介は柳生新陰流《やぎゅうしんかげ》の遣い手で、睦紀が剣術の筋がよかったのは、その血を継いだからであろう。

満之介は勘定方につとめていた。しかし、睦紀が五歳のとき、偽の帳簿をつくって公儀の金を横領したとされ、目付に捕らえられた。

満之介は無罪を叫んだらしいが、半年間の厳しい取調べの末、有罪と決し、切腹がいい渡された。

その裁きを不当のものとし、満之介は揚座敷《あがりざしき》で手首の血脈を嚙《か》み破って死んだ。揚座敷にはおびただしい血が流れ、満之介の体の脇には血だまりができていたそうだ。

満之介は抗議の意志を込めて自死したのだろうが、その意は上の者には伝わらず、畑中家はあっけなく断絶となった。

畑中家の断絶前から母親の夏紀《なつき》は、一人娘である睦紀とともに実家の山木《やまき》家に身を寄せていたが、満之介の死の十日後に自害した。

山木家に一人残された睦紀のことを、将監は案じていた。

その睦紀が、夏紀の葬儀が終わるやいなや、将監の屋敷に姿を見せたのである。

将監は驚愕《きょうがく》するしかなかったが、話を聞いてみると、どうやら祖父母の屋敷を嫌って逃げ出したらしかった。

将監は暇を見つけては満之介の屋敷に遊びに行っており、睦紀は懐いていた。将監の屋敷にやってきた睦紀は、ここに置いてほしい、と必死の顔で懇願した。

隠し通せる自信はなかったが、将監は、そなたのことはこのわしが一生、面倒を見てやろう、と請け合った。

——あのとき睦紀はにっこりと笑い、そのあと安堵《あんど》したように泣きはじめおった。山木家にいることがよほど辛《つら》かったのであろうな。

山木家の者たちは、必死に睦紀の捜索をしたようだ。将監の屋敷にも話を聞きにやってきた。

当然のことながら、将監はしらを切った。その頃、睦紀は矢場家の下屋敷にいたのだ。

結局、睦紀を将監がかくまっているということは、露見しなかった。籠《かご》で鳥を飼うように、将監は睦紀を下屋敷で育て上げ、屋敷の外に出すことは一度たりともなかったのだ。

下屋敷の奉公人は年老いた下僕夫婦のみで、この二人にはよくよく事情をいい聞かせ、睦紀のことを決して口外せぬように命じた。

人の口に戸は立てられぬというが、食うや食わずのところを将監に拾われて下屋敷で暮らすようになった下僕夫婦は、死ぬまで将監の命を守ったのである。

睦紀の出自などを知る者は、今や将監だけしかいない。今日の今日まで、一切漏れることなく睦紀の秘密は保たれてきたのだ。

――よくぞここまで公にならずにきたものよ。おのれをほめたくなるぞ。

刀を上段に振り上げて将監は振り下ろした。汗が飛び散るのが爽快《そうかい》だ。胸騒ぎは消えつつあった。

刀を正眼に構え、目の前の闇を凝視した将監はふと耳を澄ませた。

人声が屋敷の表のほうからしたのだ。誰か訪ねてきた者がいるようだ。

――このような刻限に誰が来たのだろう。睦紀かもしれぬ。

一瞬、胸が躍りかけたが、今のは男の声だったことを将監は覚《さと》った。それに、睦紀なら表から声をかけて屋敷に入ってくるはずがない。誰にも知られず忍び込むだけの術を備えているのだ。

刀を鞘《さや》におさめた将監は濡縁に上がることなく、裸足のまま庭を横切った。生垣に両側を挟まれて、曲がりくねっている通路を進み、最後に枝折戸を抜けた。

半丈ほどの高さのある竹垣にさえぎられているその先が、玄関になっている。

竹垣の陰からのぞき込むと、玄関先に一人の男が立っていた。長屋門で起居している門衛がそばに付き従っている。

玄関先の男はずいぶん年老いている。疲れたような横顔をしているのが、闇の中にぼんやりと見えた。

「雷蔵《らいぞう》ではないか」

竹垣越しに将監は声をかけた。おおっ、とはね上がるようにして雷蔵が驚いた。こちらを見つめる。門衛もびっくりしている。

「殿、そちらでしたか」

そこになにもないかのように竹垣をひらりと越えて地面に降り立ち、将監は雷蔵に近づいた。その動きに雷蔵と門衛が瞠目《どうもく》する。

「なんと身軽い……」

「雷蔵、どうしたというのだ」

雷蔵の言葉になんら反応することなく将監はただした。

「おぬしには、山内修馬の見張りを任せていたはずだが」

自分の役目が終わったことを覚った門衛が、頭を下げて長屋門へと去っていく。

「その山内修馬ですが、今宵、妙な動きを見せました」

雷蔵は目を血走らせている。

「妙というと、どのような動きだ」

はっ、と顎《あご》を引いて雷蔵が将監に詳細を手短に語る。

「ほう、やつは久岡勘兵衛に会いに行ったというのか」

「はい、まちがいございません」

「それで、おぬしは山内修馬をどうしたのだ。やつが妙な動きを見せたら、始末するように命じてあったはずだ」

「それが殺害しようとしたのですが、しくじりました」

悄然《しょうぜん》として雷蔵が頭を下げる。

「番町の辻番《つじばん》人を装って近づき、殺ろうとしたのですが、うまくいきませんでした」

「戦ったのか」

「はっ、得意の六尺棒で戦いました」

「それで、やつに敗れたのだな」

「はっ、面目次第もございません」

「山内修馬に負けたおぬしは、しっぽを巻いてここまで逃げてきたのか」

「はっ、そういうことにございます」

むう、とうなり、将監は雷蔵をにらみつけた。

雷蔵が体をかたくし、上目遣いに将監を見た。目が泳ぎ、将監の手にしている刀に眼差《まなざ》しが流れる。

「まあ、捕まるよりはよかろう」

将監は刀を下ろした。配下たちには、捕らわれそうになったら必ず自害するよう命じているのだ。捕らわれて拷問に遭い、将監の名を吐かれてはたまらない。

将監に斬《き》る気がないのを察し、雷蔵の体から力が抜けた。

「今も久岡勘兵衛は生きておるのか」

間髪容《い》れずに将監は問うた。

「どうやらそのようでございます。今日の夕刻、手前のもとに睦紀どのがまいられ、今夜、久岡勘兵衛を襲う、と告げていきました。しかし、手前が深更に久岡屋敷を探ったところでは、屋敷は平穏そのものでございました。もし徒目付頭《かちめつけがしら》である当主が殺されたとしたら、屋敷内があれほど静かなはずがございません」

その通りだな、と将監はいった。

「久岡勘兵衛はまだ生きておるということだ」

睦紀は、と将監は思った。久岡勘兵衛を殺り損なったのだ。もしくは、今夜は襲撃を取りやめたか。

だが、睦紀が今宵の襲撃を中止したというのは考えにくい。今宵に必ず殺るという強い決意を抱いて出ていったのだ。久岡勘兵衛を襲ったものの、殺害に失敗したにちがいない。

――つまりは龍踏が破られたということか。

考えたくはないが、そういうことなのであろう。久岡勘兵衛という男は、こちらが思っている以上の遣い手なのだ。

――ふむ、やはり容易ならぬ男よ。この分では、わしが出ざるを得ぬようだな。ついに、秘剣龍徹《りゅうてつ》の出番か。

将監は、まさか龍徹を使う日がくることになろうとは夢にも思わなかった。

だが久岡勘兵衛は、それだけの男ということなのだろう。

――多分、腕だけを見ればわしより上なのだろう。しかし龍徹は、さすがの久岡勘兵衛も防ぎきれまい。勝つのはわしよ。

「雷蔵、その後、睦紀と会ったか」

雷蔵を見つめて将監はきいた。いえ、と雷蔵がかぶりを振った。

「会っておりません」

いま睦紀はどこにいるのか。将監は気がかりでならない。

――久岡勘兵衛とやり合って、怪我《けが》など負っておらねばよいのだが。

無傷なのであれば、睦紀は再度、久岡勘兵衛を狙うつもりでいるかもしれない。

それとも、標的をいったんは岩隈久之丞に定めるだろうか。久之丞をあの世に送ってから、改めて久岡勘兵衛を襲おうという考えを抱いているかもしれない。

――一度、この屋敷に戻ってくればよいのだが。わしと話をし、闇討ちへの新たな一歩を踏み出せばよいのだ。

しかしながら、と将監は思った。

――睦紀は戻ってくるまいな。わしに命じられたことを成し遂げるまで、二度と姿を見せることはなかろう。睦紀とはそういう女だ。そういう女にわしが育て上げたのだ。

「雷蔵――」

顔を上げ、将監は呼びかけた。

「睦紀を捜し出せ」

「承知いたしました。見つけたら、こちらにお連れすればよろしいですか」

「そうしてくれ」

「では、ただいまより捜しはじめます」

「頼む」

ほっとしたように一礼して、雷蔵が去っていった。

すぐさま身をひるがえした将監は屋敷内に戻った。自室に赴く。

刀架に刀をかけ、すっかり冷たくなった布団の上に座り込んだ。腕組みをする。

——心配でならぬ。

やはり睦紀を行かせるのではなかった、と後悔の思いが頭をもたげてきた。

行灯の灯《あか》りが揺れ、じじ、と音が立った。黒煙が天井に向かってゆらゆらと上がっていくのを、将監は目を離さずじっと見ていた。

いつしか眠っていたようだ。

はっ、として将監は目を開けた。

すでに夜は明けているようで、部屋は明るくなっていた。

廊下を渡る足音が聞こえている。その音で目覚めたようだ。

将監は寝床の上に起き上がった。

「殿」

襖越しに声がかかった。これは将監の一の家臣の二岡玄八郎《におかげんぱちろう》である。

「どうした、玄八郎」

襖が横に動き、玄八郎が顔を見せた。

「時之助どのがお見えです」

「時之助だと」

将監は目をみはった。時之助はいま天臨丸《てんりんまる》に乗っているはずではないか。それが、この屋敷にやってきたというのか。

「客間に通せ」

「承知いたしました」

頭を下げた玄八郎が襖を閉じる。すぐさま立ち上がり、将監は着替えをはじめた。

襖を開けて廊下を歩き、客間に足を運ぶ。

「おう、まことに時之助ではないか」

遠慮がちに客間の端に端座している男を見て、将監は声を上げた。

「おはようございます」

将監を見上げて時之助が快活な声を投げてくる。海の男らしく潮焼けをしており、肌は浅黒い。もう五十近いはずだが、その精悍《せいかん》さから少し若く見える。

時之助の前には、すでに茶が置かれている。

「時之助、喉《のど》が渇いたのではないか」

客間の上座に座り、将監は時之助に茶を勧めた。

「はっ、いただきます」

頭を下げた時之助が蓋《ふた》を開け、湯飲みを手に取る。茶を少しだけすすった。

「時之助、実はその茶には毒が入っておる」

「えっ」

時之助の顔から血の気が引いた。湯飲みが手から転がり落ちそうになり、あわてて持ち直す。

「冗談よ。時之助、本気にするでない」

「は、はあ」

時之助が、茶托《ちゃたく》におそるおそる湯飲みを戻した。

「時之助は、わしがおぬしの茶に毒を入れかねぬ男だと思うておるのだな」

「そ、それは……」

将監を見て時之助が絶句する。

「まあ、おぬしがそう思うのも当然よ。わしはなんの理由がなくとも、ためらいなく人を殺せる男ゆえな。しくじりがあれば、なおさらよ。おぬしは以前、山内修馬殺しにしくじっておる。わしに始末されてもおかしくはないと思っても、なんら不思議はない」

わずかに身じろぎし、時之助が手の甲で額の汗を拭《ふ》いた。

「しかしながら、おぬしは腕利きの船頭よ。天陣丸なきあと天臨丸を意のままに操れるおぬしを失っては、我らにとって大きな痛手よ。わしがおぬしを殺すわけがなかろう」

裏返していえば、と時之助を見て将監は冷徹に思った。もし役に立たなくなれば躊《ちゅう》躇《ちょ》なく始末する、ということだぞ。

——わかっておるか、時之助。

「ありがたきお言葉でございます」

時之助が畳に両手を突く。

「それで時之助、どうしたというのだ。天臨丸は江戸に着いたのか」

将監にきかれ、時之助が目を上げた。

「いえ、天臨丸はいま豆州下田《ずしゅうしもだ》に停泊しております」

「うむ、それで」

「下田で、公儀の出方を探っておる最中にございます。手前は江戸へと向かう船に乗り、一足早くこちらにやってまいりました」

「そうか。天保通宝《てんぽうつうほう》は持ってきたか」

薩摩《さつま》国でつくらせた偽金である。天保通宝一枚の額面は百文だが、実際には八十文の価値しかない。

しかし、天保通宝はもともと十文ほどの原価で鋳造できるのだ。

「十万両分を積んできております」

「十万両か。そいつはすごいものだな」

将監の顔は自然ににやけた。十万両といっても実質、八万両の価値しかないにしても、七万両が儲《もう》けである。薩摩には額面の二割の口銭という約束になっているから二万両を支払わなければならないが、それを補っても余りある儲けが出るのだ。

将監はうれしさを隠しきれない。しばし睦紀のことは忘れた。

──薩摩とつながりを持っておいて、まこと正しかったわ。

将監は大坂東町奉行をつとめていたとき、大坂の薩摩屋敷の者たちと懇意になったのだ。料亭や遊郭などに数え切れないほど出入りし、その際、どうすれば金儲けができるか、算段をつけたものだ。

そのときのつながりが今、空前の儲けを生もうとしているのである。

──なんともすばらしいことではないか。わしも潤い、薩摩も潤う。

天保通宝が大量に市中に出回ることで、物価が上がるのはまちがいないだろうが、そんなことは将監にとって他人事《ひとごと》である。

庶民の暮らしなど、どうでもよい。自分さえよければ、それで構わないのだ。庶民など所詮《しょせん》、蟻《あり》のようなものでしかない。踏みにじったところで、声を上げるでもなく死んでいくだけではないか。

「天臨丸はいつ江戸に着くのだ」

顔を引き締めて将監はきいた。

「二日後には着くものと」

「二日後か、楽しみだな」

「はっ、おっしゃる通りにございます」

顎に手を当て、将監はしげしげと時之助を見つめた。

「そういえば、おぬし、前に、せがれがいると申しておったな」

「はっ、申し上げました」

「生き別れたせがれの名は、時造であったな」

「さようにございます」

「おぬし、いま時造がどうしておるのか、存じておるのか」

「いえ、まったく存じません」

身を乗り出し、将監は顔を時之助に寄せた。

「実は、おぬしによく似た顔の男が、久岡勘兵衛の警護についておる」

時之助がいぶかしげな顔を向けてくる。

「まことでございますか」

うむ、と将監はうなずいた。

「このようなことで嘘《うそ》をついても仕方がない」

はっ、と恐縮したように時之助がこうべを垂れる。

「名はわかっておるのでございますか」

「時造というらしい」

時之助が息をのんだ。

「その時造という男の年齢は、いかほどでございましょうか」

ごくりと唾《つば》を飲み込んで、きいてきた。

「若いとはいわぬが、まださほどの歳ではない。三十半ばであろう」

「三十半ば……」

せがれのことを思い出すように、時之助が眉《まゆ》を八の字にしている。

「歳は合うておるか」

「手前が捕吏の手を逃れ、上方に向かったとき、時造はまだ三つでございました。今年の正月で、三十四になったのではないでしょうか」

「ならば、歳は合うておるな」

「御意」

「せがれに会うてみたいか」

いえ、と時之助が首を横に振った。

「別に会いたいとは思いません」

「なにゆえ」

将監は鋭くきいた。

「今は敵味方に分かれております。今さら父親の顔で会ったところで、向こうは迷惑でございましょう。なにも話すことはございませんし、親子の情もこれっぽっちもありません」

「もし時造を殺さなければならなくなったら、時之助は殺れるか」

「殺れます」

迷いのない口調で、時之助がきっぱりと答えた。

嘘はついていないように将監には思えた。うむ、とうなずいてみせた。

「それは頼もしい」

「あの、将監さま。一つうかがってもよろしいでしょうか」

かしこまって時之助がいった。

「なんなりと申せ」

「その時造が手前のせがれだとして、なぜ徒目付頭のそばに仕えているのでございましょうか」

「そのあたりの事情は、いまだによくわからぬのだ」

「さようにございますか」

少し残念そうに時之助が肩を落とす。

「時之助、時造とはどこで生き別れになったのだ」

「三十一年前のことでございます。手前は、なじみの船宿におりました。そこに町奉行所の捕手がやってきたのです。町奉行所の者には鼻薬も嗅《か》がせてあったのに、なんの前触れもなく踏み込んでまいりました。手前は取るものも取りあえず、身一つで逃げ出し、江戸を去りました」

時之助は名うての海賊だったのだ。多勢の配下を率い、伊勢《いせ》から伊豆《いず》までのあいだを縄張として、多くの船を襲い、積み荷の略奪を繰り返していたのである。

本拠としていた湊《みなと》は伊豆の西側にあったらしいが、そこがどこだったかなど、将監にはまるで関心がない。

「捕手に踏み込まれたとき、時造はどこにおったのだ」

「船宿で手前と一緒におりました」

「では時之助は、その船宿に時造を置き去りにしたということか」

うつむき、時之助が唇を嚙み締めた。

「さようにございます」

「わけがわからぬままいきなり捕吏に踏み込まれたのなら、置き去りにするのも仕方あるまい。――時造の母親は誰だ」

「なじみの居酒屋の後家でございます」

「その後家とは深い仲になって、時造を生ませたというわけか」

「さようにございます。しかし産後の肥立ちが悪く、その女は死にました」

一度目を固く閉じた時之助が、疲れたように息をついた。

「世間にはよくあることといえ、それは辛い出来事であったな」

「ありがたきお言葉でございます。しかし手前はその女の名も、もはや覚えておりません」

「人というのは、忘れるために生きているようなものゆえ、それも仕方あるまい」

「それにしても、年々物忘れがひどくなります。つい最近まで覚えていたことも、今は思い出せなくなりました」

「それはわしも同じじゃ。――時之助、時造を置き去りにした船宿の名も思い出せぬか」

情けなさそうに時之助がうなだれる。

「忘れてしまいました」

「その船宿で時造も一緒だったということは、おぬしが信頼していた船宿だったはずだ」

「ああ、船宿の女将《おかみ》が優しい女で、時造も懐いておりました。それで、よく手前は足を運んでいたのでございます」

そっと下を向き、時之助がなにごとか考えはじめた。

「時之助、船宿の女将の名を思い出そうとしておるのか」

きかれて時之助が顔を上げた。

「どうにも思い出せません」

「三十一年前、その女将はいくつだった」

「もう五十を過ぎていたものと」

「だとしたら、もう鬼籍に入っておるやもしれぬな」

「さようにございますね」

海賊の頭である時之助が上方に逃れたという報《しら》せは、大坂東町奉行だった将監のもとに、江戸の町奉行から、人相書とともにすぐにもたらされた。

人相書を町廻《まちまわ》り同心たちに持たせて大坂の町を回らせたところ、あっけなく時之助の居場所が知れたのだ。

すぐに大勢の捕手を根城に向かわせ、将監は時之助を捕らえた。太平を満喫しているこの時代に海賊を働いていたという男に強い興味を抱いた将監は自ら時之助に会い、どのような者なのか、確かめてみた。

不敵な面魂をしていた。一目見て、使える男だ、と将監は踏んだ。生かしておけば使い道はいくらでもありそうだ。将監は別人を時之助として牢屋敷内で斬首し、本物は手元に引き取ったのである。

大坂東町奉行時代、将監はとにかく蓄財に励んだ。そのうちの一部の金で時之助に、一隻の大船をつくるように命じた。

目に輝きを宿した時之助はすぐさまその仕事に取りかかった。二年後に船ができ上がった。それこそが五百石積みの天陣丸である。

天陣丸は矢場将監の持ち船だったのだ。

――大名ならともかく、旗本でおのが船を持つ者など、ほかに誰がおろうか。

今も将監は晴れがましい思いで一杯だった。

天陣丸は、もちろん遊興のためにつくったわけではない。

さらなる蓄財のためである。天陣丸を用いて、将監は抜け荷を行おうとしたのだ。

抜け荷といえば、なんといっても薩摩である。大坂東町奉行という役目を利用し、将監は薩摩に接近したのである。

疑い深い薩摩の信用を得るのにさすがに時はかかったものの、天陣丸での抜け荷は思った以上にうまくいった。おかげで莫大《ばくだい》な利が将監にはもたらされた。ちょうど十万両が貯まったところで長年つとめた大坂東町奉行の職を自ら辞し、将監は江戸に戻ってきたのだ。

それからも天陣丸を使って、ひたすら蓄財に励んだ。

いま屋敷の蔵には、二十万両以上の小判が積まれ、まさしくうなっているのだ。

しかし天陣丸は今は公儀に押収されてしまった。代わりにつくった船が天臨丸である。

貯めた金の使い道など、まったく考えていない。将監は、金が貯まっていくのがとにかく楽しくてならないのである。

その上、今度の偽金づくりで、新たに五万両もの大金が蔵に積まれることになるのだ。将監は心の弾みを抑えきれない。

しかし、喜んでばかりはいられない。顔を上げ、将監は時之助を見た。

「時之助、すぐさま下田へ戻れ」

「承知いたしましたと、いいたいところなのでございますが」

「どうした」

「すでに天臨丸は下田を出港したものと思います」

「そうなのか」

「はっ。将監さまにお目にかかる前、手前は江戸の湊の様子を探ってみました。湊の役人どもは天臨丸の来港を警戒しているのではないかと思っておりましたが、剣呑《けんのん》な気配など微塵《みじん》も感じられず、のんびりした雰囲気が漂っておりました」

「ほう、そうなのか」

「手前は、すぐさま出港せよとの文をしたため、天臨丸に向けて鳩を放ちました。鳩は一刻ほどで下田に着いたはずでございます。ですので、すでに天臨丸は下田を出たはずでございます」

「そうか。天臨丸の船頭は、おぬしでなくてはならぬと思っておった。他の者では安心できぬゆえな」

「畏《おそ》れ入ります」

もし万が一、天臨丸が沈むようなことがあれば、五万両がふいになるのだ。これまでの苦労が、まさしく水の泡となってしまう。

――もしそのようなことになったら、あまりに落胆が大きすぎて、わしは死んでしまうかもしれぬ。睦紀も大切だが、わしにとっては、やはり金がなにより大事なのだ。

「しかし、下田を出たものは仕方がないな。もはやどうすることもできぬ。無事に着くことを祈るしかない」

「勝手をいたし、まことに申し訳なく存じます。手前は今より湊に赴き、天臨丸の入港を待ちます」

将監を見つめて時之助がいった。

「下田から江戸までどのくらいかかる」

「半日ほどでございます」

「ならば、今日の夕刻には到着か。それなのに今から湊に行くのか」

「はっ。潮の香りを嗅いでいるのがなにより好きでございますので」

「わしのそばにいたくないのではないか。わしが煙たいか」

「いえ、そのようなことはございません。将監さまは、命の恩人でございます」

――確かにこのわしがおらなんだら、この男はとうに首を刎《は》ねられていたであろう。

「湊に入り、すぐに荷を下ろしはじめるのか」

「いえ、それはさすがにいたしません。天臨丸は日没後に湊に入る予定になっております」

「夜陰に紛れるというのだな」

「御意。夜間に荷を下ろすほうが目を光らせている者もなく、確かでございましょう」

「その通りだ。時之助、うまくやれ。しくじりは許されぬぞ」

「承知いたしましてございます。ではただいまより湊にまいります」

辞儀して時之助が出ていった。

それを座したまま見送り、将監は強く腕組みをした。

——必ずや、すべてうまくいく。うまくいかぬはずがない。

うむ、と将監は深くうなずいた。

——わしの蓄財の邪魔をする者は、すべてあの世に送ってしまうのだ。それをとことん行えばよい。それで、すべてうまくいくはずだ。金の力で、公儀の要人すらも黙らせることができる。そう、金さえあればなんでもできるのだ。

刀架の刀を手にするや、将監は丹田に力を入れた。すっくと立ち上がり、襖を開けて廊下に出る。

久岡勘兵衛との対決はもはや避けられない。

龍徹を遣えば、必ずやつに勝てる。

だが、龍徹を披露する前の戦いでへばってしまっては意味がない。

そのために将監は、徹底しておのれをしごく覚悟をかためた。

——すべては睦紀と金のためだ。なんの苦労でもないわ。

庭を目指しつつ、将監は頬《ほお》にうっすらと笑みを浮かべた。

二

土埃《つちぼこり》が舞う。

風が吹くたびに、足元を照らす提灯《ちょうちん》の光が明るさを増したり、暗くなったりを繰り返す。

顔を伏せ気味に、修馬は歩き続けた。

不意に、どこからか鐘の音が聞こえてきた。明け六つを知らせる時の鐘である。

顔を上げ、修馬は東の空を見やった。いつしか、うっすらと白みを帯びている。低い家並みを越えて日が射《さ》しはじめるのも、間もなくであろう。

足を止め、修馬は提灯を吹き消した。すでにまわりの家や塀などは、くっきり見えるようになっている。尾行している者がいないか、背後の気配を探ってみた。

——ふむ、誰もおらぬようだ。

軽く息をついた修馬は提灯を畳んで懐にしまい、再び歩き出した。顔を上げ、土埃が舞っている行く手を見やる。

――徳太郎はいつも朝が早いゆえ、明け六つならば、もう起きておるであろう。

明け六つの鐘を合図にしたかのように、大勢の者が行きかいはじめた。

豆腐や納豆、魚を商う行商人や出職の職人がほとんどを占めているが、在所から江戸見物に出てきたらしい者の姿もかなり目立つ。

せっかく花のお江戸に出てきたのだから、わずかな時も無駄にしまいという心持ちであろう。

大きな通りが交わる辻を曲がった修馬は、すぐに狭い路地に入り込み、長屋の木戸をくぐった。目当ての店《たな》の前に足を運ぶ。

足を止め、目の前の障子戸をじっと見る。

――うむ、ここでまちがいないな。

何度も来ているから誤りようがないのだが、こんな朝っぱらから別の店の障子戸を叩いて、迷惑をかけるわけにはいかない。

――紛れもなく徳太郎の店だ。

修馬は、障子戸をほたほたと叩《たた》いた。

「おう、修馬か」

徳太郎の声が障子戸越しに聞こえた。まだなにもいっておらぬのになにゆえわかるのだ、と修馬はびっくりした。

――徳太郎ほどの遣い手なら、こんなことも当たり前なのであろうが。

「もうとっくに起きておるぞ。修馬、入ってくれ」

「まことに開けてもよいのだな」

一応、修馬は確かめた。妹の美奈《みな》が着替えをしている最中だったら、目も当てられない。

「美奈もとうに身支度をすませておるゆえ、大丈夫だ」

徳太郎の声が修馬の危惧《きぐ》を吹き飛ばす。

「ならば、開けさせてもらう」

修馬は、するすると障子戸を横に滑らせた。

四畳半が一間だけの慎ましい店であるが、中はよく片づいている。

さすがに女手があるとちがうものだな、と修馬は感心せざるを得なかった。

味噌汁《みそしる》のいい香りが、鼻先をかすめていく。朝餉《あさげ》を食しておらず、今にも腹が鳴りそうだ。

「修馬、おはよう」

店の隅に座している徳太郎が、快活な声を投げてきた。ずいぶん血色のよい顔色をし、目が生き生きと輝いている。

――おや、徳太郎のやつ、なにかよいことでもあったのかな。

「山内さま、おはようございます」

狭い台所に立つ美奈が、笑みを浮かべて挨拶《あいさつ》してきた。

「おはよう、美奈どの。今日も美しいな。まっすぐ見ておられぬぞ」

「ご冗談を」

ふふふ、と美奈が楽しそうに笑う。

「冗談などではないぞ」

「修馬、よく来た。むさ苦しいところだが、上がってくれ」

手を上げ、徳太郎がいざなう。

「徳太郎たちは、まだ朝餉前であろう。まことによいのか」

「遠慮などおぬしらしくないぞ」

「そうかもしれぬ。では、お言葉に甘えさせてもらうとするか」

雪駄を脱いで上がり込んだ修馬は、薄縁《うすべり》の上に座った。刀を横に置く。

「徳太郎、ちときくが、訪《おとな》いなど入れておらぬにもかかわらず、なにゆえ俺が来たとわかったのだ」

「なんだ、そのことか」

微笑して徳太郎が指先で頬をかく。

「たやすいことだ。障子戸に映った影が修馬のものだったし、あれほど優しく障子戸を叩くのは、俺たちの知り合いの男では修馬以外におらぬ。情の細やかさが出ておるのだな。ほかの男どもは、たいてい手荒に叩きおる」

苦笑を浮かべていう徳太郎の言葉に、修馬は首をひねった。

「俺が、情が細やかか。初めていわれたような気がするぞ」

「私も、山内さまはお気遣い、お心配りのあるお優しいお方だと思っています」

首を伸ばして修馬は美奈を見た。にここと笑んで美奈が見つめ返してくる。

「美奈どのにそのようなことをいわれると、跳びはねたくなってしまうな」

「修馬、やめておけ。おぬしがそのようなことをすれば、このぼろ長屋は潰《つぶ》れかねぬ」

まじめな顔でいって、徳太郎が修馬に強い眼差しを当ててきた。両目はいかにも遣い手というものを思わせる光を宿しており、修馬は我知らず背筋を伸ばしていた。

「修馬、それにしてもこんなに早くどうしたというのだ」

問われて修馬は咳払《せきばら》いをした。

「前置きなしでいおう。徳太郎に頼み事があってまいった」

「わかった、引き受けよう」

いきなり徳太郎が即答したから、ええっ、と修馬は目をみはった。

――これはまるで昨夜の俺を見ているようではないか。

「徳太郎、俺はまだ中身をいっておらぬぞ」

「なに、かまわぬ。俺が修馬の頼み事を断るわけがない」

「それはまことにありがたい言葉だが……」

「修馬、頼み事というやつは引き受けた。しかし、やはりどういう中身か気になるゆえ、とりあえずどのようなことか、話してみろ」

うむ、と修馬は顎を引いた。

「その前に徳太郎、よいか。おぬし、なにかよいことがあったのではないか」

徳太郎をじっと見て修馬はきいた。

「ほう、わかるか」

にこりとして徳太郎がきき返す。

「わからぬはずがない。機嫌がことのほかよいようだからな。それで、徳太郎、なにがあったというのだ」

そう口にしたときには、徳太郎の身になにが起きたか、修馬には見当がついていた。

笑みをすっと消し、徳太郎が厳かな顔をつくった。

「実はな、修馬」

徳太郎の顔が、ふとゆるんだ。どうやら、込み上げてくるうれしさを隠しきれなかったようだ。

「小諸牧野家《こもろまきのけ》に仕官が決まったのだ」

やはりそうか。修馬は拳《こぶし》を握り締めた。

「徳太郎、やったな」

体を震わせた修馬は無理に小声でいって、両手を突き上げた。本当は大声を上げて叫びたいところだったが、店の両隣は紙も同様に薄い壁なのだ。近所迷惑になるようなことは、特に他所さまの家では避けなければならない。

「徳太郎、ついに念願が叶《かな》ったのだな」

喜びが修馬の体内で弾《はじ》けている。同時に涙が一気に出てきた。

修馬は拳でぬぐってみたものの、涙は次から次へとあふれ出て、ぼたぼたと薄縁の上に落ちていく。

そのとき、いきなり両肩に強い力がかかった。涙でかすんだ目で見てみると、膝《ひざ》を立てた徳太郎が両手を伸ばして修馬の肩をがっちりとつかんでいた。

「俺の仕官をこれほど喜んでくれるのは、美奈以外、修馬しかおらぬ」

徳太郎が腕を激しく動かした。つられて修馬の両肩が揺れる。

修馬は頭がぐらぐらしたが、なんとかしゃんとして徳太郎の顔を見た。徳太郎も涙で顔を濡《ぬ》らしていた。

「徳太郎。俺は、我がことのようにうれしくてならぬ」

鼻水も混じって顔がぐっしょりと濡れそぼったが、修馬はさして恥ずかしいとも思わなかった。

「それで、仕官はいつ決まったのだ」

両肩を痛いくらいにつかんだままの徳太郎に、修馬はたずねた。

「昨晩だ」

「昨晩だと。なにゆえ俺に知らせなんだ」

気づいたように修馬の肩から手を放し、徳太郎が改めて端座する。

「知らせに行ったに決まっておろう。だが、おぬしは不在だった」

むっ、と修馬は顔をしかめた。

「それは何刻頃のことだ」

「ふむ、もうかなり遅かったな。四つはとうに過ぎていたと思う」

勘兵衛が般若党の刺客に襲われる夢を見て目を覚まし、いても立っていられなくなった修馬が番町を目指して出かけたあとのことだろう。

「そうか、ちと勘兵衛に会いに行っておったのだ」

「久岡どのに」

徳太郎が目を光らせる。

「あのような刻限に番町に行ったのか。なにか変事でも起きたのか」

「変事というほどのことではないが」

「なにがあったというのだ」

「その前に徳太郎、おぬしの仕官が叶ったことから話してくれぬか」

顔をわずかに寄せてきて、徳太郎が修馬をじっと見る。

「よかろう。俺から話そう。――実は俺は昨晩、小諸牧野家の上屋敷に呼ばれておったのだ。殿さまやお歴々と話をしており、帰りが遅くなった」

小諸牧野家の殿さまは康時《やすとき》といい、名君として知られている。

つい先日のこと、徳太郎は牧野家の家中で起きた事件に巻き込まれたのだが、下手人にかどわかされて命の危機にあった康時の命をものの見事に救ってみせたのだ。牧野家中の者が誰一人としてなし得なかった手柄を立てたことが、こたびの仕官につながったものであろう。

自分があるじでも、と修馬は思った。徳太郎ほどの遣い手で心がまっすぐな者ならば、手元に置いておきたい。

――これまで徳太郎の仕官がうまくいかなかったのは、大名家や旗本家の者たちの目が曇っていたからにちがいない。

ちらりと見ると、美奈も目元を袖でそっとぬぐっていた。

「仕官が決まったとなると、いつから出仕ということになる」

「今朝だ。四つ前に来るようにいわれておる」

「そうか、今から出仕か」

徳太郎が眉根を寄せる。

「俺が今から出仕すると、修馬の頼み事を引き受けられぬことになるのだな」

「いや、俺の頼み事は別によいのだ。徳太郎の仕官のほうが大事だ」

「そうはいかぬ」

強い口調で徳太郎がいって、修馬をにらむようにする。

「修馬、頼み事の中身をとっとと申せ。昨晩遅くおぬしが久岡どのの屋敷を訪ねたこと、関係があるのであろう」

さすがに鋭いな、と修馬は感心した。

「一応、昨夜どのようなことが起きたか、徳太郎にきいてもらおう」

修馬は低い声で昨晩の出来事を話しはじめた。台所の美奈にも聞こえるように、声の大きさに気を使う。

修馬の話を聞き終えた徳太郎が、ほう、と嘆声を放った。

「この世には、まったく不思議なことがあるものよな。女剣士の襲撃を受けて秘剣を見舞われて危地に陥ったものの、脳裏にあらわれた修馬が力を貸したことで久岡どのは逆襲に転ずることができた。そして、ちょうどその同じ頃に修馬は、久岡どのが女剣士に襲われる夢を見ていたというわけか」

台所で美奈もしきりにうなずいている。

「あれが正夢というべきものなのか、俺にはよくわからぬが、とにかくあのようなことは初めてで、驚くしかなかった……」

「そんな夢を見たのは、修馬の久岡どのを思う気持ちがそれだけ強いという証《あかし》であろうな」

そうかもしれぬ、と修馬は素直に思った。

「それで修馬、おぬしの頼み事というのは、俺に岩隈さまの警護につけということだな」

「いや、そのことに関しては、徳太郎、もう忘れてくれてけっこうだ」

「修馬、俺は引き受けると、はっきり返事をしたぞ」

むっ、とうなって修馬は徳太郎を見た。

「だがそれは、徳太郎の仕官が叶ったことを聞く前の話であろう。すでに事情が変わっておる」

「事情など、なんら変わっておらぬ」

徳太郎がいい放つ。

「男がいったん引き受けたことを、引っ込められるものか。それに、般若党は俺にとっても宿敵よ。しかも、天陣丸で戦ったあの女剣士が今度は秘剣を携えてあらわれおったのだ。俺の出番としかいいようがない」

「秘剣について勘兵衛から聞いた話では、恐ろしい剣としかいいようがない。しかし、今のおぬしは大事な身の上だ。自重したほうがよい」

「修馬、俺があの女剣士ごときに負けると思うか。かすり傷一つ負うことなくあの女を倒してみせよう。秘剣といっても、刀を合わせなければよいだけのことよ。とにかくだ——」

声を励まして徳太郎がいった。

「俺は、おぬしとともに般若党を倒せるのなら本望よ」

「徳太郎がそういってくれるのは、まことにありがたいのだが……」

「修馬、これほど申しても、まだ俺の仕官話を気にしておるのか」

「当たり前だ。もし牧野家が勝手なことをしおって、と怒ったら、せっかくの仕官話が反故《ほご》になるかもしれぬではないか」

「反故になったら、俺と牧野家はそこまでの縁だったのだ」

唾を飛ばすように徳太郎がいう。

「これまで俺は、修馬にことのほか世話になった。その恩をこの大事なときに返さぬで、なんの友垣といえようか」

「しかし徳太郎……」

「よいのだ、修馬」

気持ちを落ち着けるように、徳太郎が一息入れる。

台所に立つ美奈もこちらを見ているが、穏やかな眼差しを兄に注いでいた。仕官が決まったからといって大事な友垣をないがしろにするような者が殿の御身を守りきれるはずがありません、とその目はいっているような気がした。

軽く咳払いして徳太郎が話を続ける。

「決められた日に出仕できぬからと、潰れるような仕官話なら、牧野家からさして必要とされておらぬということだ。また一から出直しでけっこうだ。俺を本当に必要としてくれる家を探すまでよ」

我が意を得たりとばかりに、美奈が大きくうなずいたのを修馬は見た。

「しかし徳太郎、あれだけ熱望した仕官がようやく決まったのだぞ。それを棒に振ってよいのか」

「構わぬ」

決然たる語調で徳太郎がいった。

「俺には仕官などより、修馬のほうがずっと大事なのだ」

そこまでいってくれるのなら、と修馬は覚悟を決めた。

「かたじけない。徳太郎、恩に着る」

修馬は深々と頭を下げた。

「それでよい。修馬、さあ、顔を上げてくれ」

徳太郎の優しい声が耳にそっと入る。

「実をいえば、仮に今日出仕できずとも、仕官話が駄目になることはあるまいとの確信がないわけでもないのだ」

その言葉の意味を修馬は考えた。

「康時公だな」

「そうだ。あのお殿さまは俺のことをことのほか買ってくださっておる。事情を話せば、きっとわかってくださると思う。こたびの仕官も、お殿さまの鶴の一声で決まったようなもののはずだ」

確かにそうかもしれぬ、と修馬は思った。

「だが修馬、岩隈家といえば大身だろう。家臣の数も多かろう。それなのに用心棒が必要というのか」

「どうもろくに剣を遣える者がおらぬらしい」

「そうか。女剣士に襲われたらひとたまりもないか」

「そういうことだ」

わかった、と徳太郎がいった。

「それで修馬、俺はいつから岩隈久之丞さまの警護につけばよいのだ」

「今宵からだ」

「なんだ、それなら別に今朝の出仕のことは、なんら関係ないではないか」

「そのようなことはない。徳太郎、武家に仕えるのは身を捧げるということだ。深夜だろうと早朝だろうと、いつでも駆けつけられるようにしておかねばならぬのだ。主君を守る。その一事だけで禄《ろく》をもらうのだ。暮れ六つ以降の屋敷からの外出も禁じられておるのだぞ」

「ああ、そうだったな。俺は浪人暮らししか知らぬゆえ、そのようなことはつい失念しておった」

「近いうちに、徳太郎はこの長屋も出なければならぬはずだ」

「美奈は手習所があるゆえここに残るが、俺は上屋敷の長屋に住まいをいただくことに決まっておる」

一人暮らしになってしまうのか、と修馬はちらりと美奈を見て思った。それは寂しいのではあるまいか。

もっとも、それは徳太郎も同じだろう。目に入れても痛くないほどかわいくて仕方がない妹なのだ。

「ふむ、今宵から警護につくか……」

気がかりがあるように、ふと徳太郎がつぶやいた。

「どうした、気になることでもあるのか」

すぐさま修馬はたずねた。

「今宵からということは、つまり岩隈さまの下城時に警護につけということであろう」

「その通りだ」

「だが岩隈さまは、今朝もお屋敷からご出仕なされるのであろう」

修馬は、ぴんときた。

「徳太郎は、出仕のために千代田城に向かう途中、般若党が岩隈さまを襲うかもしれぬというのか」

「考えられぬことではなかろう」

ふむう、とうなり声を発して修馬は思案に沈んだ。昨晩、あの女剣士は勘兵衛の襲撃にしくじったばかりである。まさか勘兵衛襲撃の直後、しかも日のあるうちに岩隈久之丞を襲うような真似《まね》はしまいと、修馬はなんとなく決めていた。

――紛れもなく油断であろう。油断を衝《つ》くのが、闇討ちをもっぱらにする者どもの常道であるしな。

修馬をじっと見てから徳太郎が口を開いた。

「俺が例の女剣士ならば、岩隈さまの登城途中を狙《ねら》う」

――これは容易ならぬ。

修馬の背中に冷や汗が流れていく。

「ところで修馬、目付というのは何刻頃に出仕するものなのだ」

真剣な光を瞳《ひとみ》にたたえて、徳太郎がきいてきた。

「通常ならば四つに登城していればよいが、今は般若党が暗躍する喫緊時といってよい。おそらく、五つには登城されるのではないだろうか。重要な事案があるときは、俺も早めにお城に上がったものだ」

「五つか」

うむ、と徳太郎が顎を引いた。

「刻限にあまり余裕はあるとはいえぬが、美奈が朝餉をつくってくれた。修馬、食してから岩隈屋敷にまいろうではないか」

「いや、俺はここに押しかけただけだ。朝餉をいただく理由がない」

「あるさ。おぬしは俺の大事な友垣だ。友垣というのは、友垣の家で飯を食っていくものと昔から決まっておる」

「兄上のおっしゃる通りです」

修馬を見つめて美奈がにっこり笑う。

「もう山内さまの分もご用意してあります。是非、召し上がってください」

その言葉を裏づけるように、美奈が箱膳《はこぜん》を修馬の前に運んできた。

「どうぞ」

「いや、しかし――」

修馬の目は、一瞬で箱膳の上に釘《くぎ》づけになった。

――なんと豪勢な。

箱膳にのっているのは、鮭《さけ》の塩焼に生玉子、納豆、豆腐の味噌汁に梅干し、たくあんというものである。これほどの献立は、ここ最近お目にかかったことがない。

山内屋敷で暮らしていたときですら、食したことはなかったのではあるまいか。

ご飯は炊き立てで、ほかほかと湯気を上げている。

見ているうちに、唾が湧《わ》いてきた。

――徳太郎たちが、いつもこれほどのご馳走《ちそう》を食べているはずがない。これは、徳太郎の祝いであろうな。

「だが、俺がこれを食べてしまったら、美奈どのの分がなくなるのではないのか」

「大丈夫です。私の分はちゃんと用意してあります」

実際、美奈が二つの箱膳を持ってきて、一つを徳太郎の前に、もう一つは自分の前に置いた。

修馬、と徳太郎が呼びかけてきた。

「せっかく美奈が用意したのだ。つべこべいわずに食べろ。そのほうが早い」

すでに徳太郎は箸《はし》を手にしている。

「そうだな。では、ありがたくいただくことにしよう」

いただきます、といって修馬も箸を取り、まずは味噌汁の椀《わん》を口元に引き寄せてすすった。白味噌のほんのりとした甘みが優しく広がっていく。豆腐を嚙むと、旨みがぎゅっとあふれ出してきた。

「ああ、うまいなあ」

これは修馬の心の叫びといってよかった。

「そういっていただいて、とてもうれしい」

美奈が、まるで花開くような笑みを見せた。その顔を間近で見て修馬は、やはり俺はこの娘に惚れておるな、と思った。こんな娘を妻にできたら、それだけで俺はこの世では勝者といってよかろう。

名残惜しいが美奈から目を離し、修馬は箸でかき混ぜた玉子を納豆の上にかけた。それに醤油《しょうゆ》を垂らし、さらにかき混ぜる。ほかほかご飯の上にのせ、一気にかき込む。

「うまい、うますぎる」

つぶやきが口から漏れ出る。さらに箸を伸ばし、鮭を食べた。こちらもあまり塩気がきつくなく、鮭本来の味が伝わってきた。

修馬は結局、おかわりを二度した。

「ああ、うまかった。あまりにうますぎて、なんの遠慮もせずにずいぶん食べてしまった」

「なあに、気にすることなどないさ。修馬の食べっぷりは、見ていて気持ちがよかったぞ」

おかずはすべて平らげたものの、徳太郎自身、最初の一杯しかご飯は食していない。

「こんなに食べて、あとの働きに障りが出ぬかな」

さすがに修馬は気にかかった。

「岩隈屋敷に着く頃には、腹は十分過ぎるほどこなれておろう」

「それならよいのだが」

修馬は、美奈のいれてくれた茶を喫した。

「よし、修馬、そろそろ行くか」

湯飲みを茶托に戻して、徳太郎がすっくと立ち上がった。

刀を持ち、修馬も徳太郎にならった。簞笥《たんす》の横に置かれた乱れ箱に紋付の羽織袴《はおりはかま》が、畳まれてそっと置かれていることにそのとき初めて気づいた。

――ああ、本当に徳太郎は仕官が決まったのだなあ。

紋付の羽織袴を目の当たりにして、修馬はそのことを実感した。

――本当によかった。破談にならねばよいのだが。

本当によいのか、と修馬は徳太郎に問いかけようとして、とどまった。徳太郎の答えは、くどい、の一言に決まっている。

「これを着て、徳太郎は牧野家に行くはずだったのだな」

それでも修馬はいわずにいられなかった。

「そういうことだ。修馬、いつまでもぐずぐずいっておるでない。さあ、まいるぞ」

「その前によいか。牧野家に今日は行けぬことをどうやって伝える気だ」

「それは私が――」

にこりとして、まだ座したままの美奈が身を乗り出した。

「まいろうと思っています」

「美奈どのならば、安心だな」

しっかりと使いの役目を果たすことだろう。

「修馬、もう心配事はないか」

「うむ、ない」

修馬は吹っ切れた気分だ。先に雪駄を履いて障子戸を開け、路地に出る。そのあとに徳太郎が続いた。

徳太郎が振り返り、美奈に、行ってまいる、使いをよろしく頼む、といい置いた。

「わかっております。お気をつけて」

という声が修馬の耳に入り込んだ。

修馬は、なんとなく美奈の顔を見たいと思ったが、障子戸を静かに閉めた徳太郎が、行くぞ、といって路地をさっさと歩き出した。うむ、とうなずいてそのあとに続いた。

夜明けとともに風はおさまったようで、江戸の町は穏やかな風情を見せている。

千代田城を南に見つつ足を運んだ修馬と徳太郎は九段坂を下り、左に曲がった。元飯田町の町屋がかたまっている通りを過ぎると、すぐに武家屋敷町になった。このあたりに岩隈久之丞の屋敷はあるはずだ。

「もうじきか」

肩を並べて歩く徳太郎がきいてきた。

「うむ、あれだ」

歩を進めつつ修馬は指さした。

「半町ばかり先の右側に建つ屋敷が、確かそうだ」

「ああ、あれか」

徳太郎も認めたようだ。

「やはり広いな。門も立派だ」

正面には長屋門がそそり立ち、ぐるりを築地塀《ついじべい》がめぐっている。

「二千五百石もの大身ゆえ、それも当然であろうな。確か敷地は三千坪は優にあるはずだ」

「三千坪か。我らにも少し分けてほしいくらいだな。それで修馬、どうする。警護につきますと、岩隈さまのもとへ挨拶に行くのか」

「いや、その気はない」

修馬は足を止めた。徳太郎も立ち止まる。

「ほう、そうなのか。徒目付頭の命で警護にやってきたと告げておいたほうが、よいのではないか。そのほうが家中の者も安心するような気がする」

「いや、俺に考えがある。ここは任せてくれぬか」

「承知した」

修馬たちは、二十間ばかりを隔てた路上で岩隈屋敷を眺めている。道の行き来は少なくないが、修馬たちを怪訝《けげん》そうに見ていく者はほとんどいない。二人とも浪人とはいえ、さして悪くない身なりをしているのだ。

「しかし静かだな」

岩隈屋敷を見つめて修馬はいった。

「徳太郎、別段、妙な気配は感じぬか」

「うむ、感じぬ」

「岩隈屋敷を見張っているような者は、おらぬか。気配は感じぬか」

修馬も探ってはいるが、なにも引っかかってくるものはない。

「今のところ、誰もおらぬようだ」

あたりに目を光らせて徳太郎がいう。

「そうか。般若党には、岩隈さまが屋敷を出てきてすぐを襲う気はないということか」

「油断はできぬが、そうではないかな」

岩隈屋敷をじっと見て、徳太郎がすぐさま首をひねった。

「しかしあの屋敷は、いくらなんでも静かすぎぬか」

「徳太郎、どういう意味だ。岩隈屋敷になにかあったというのか」

昨夜、般若党の襲撃を受け、岩隈久之丞を含め家臣たちは皆殺しの目に遭ったのではあるまいか。

暗い予感が修馬の脳裏をよぎる。

「いや、なにかあったというのではないな」

徳太郎がかぶりを振る。

「あの屋敷からは、柔らかな気配しか届かぬ。あれは、女たちや年寄りの発しておる気配だ」

修馬はさすがにほっとしたが、すぐに顔色を変えた。

「つまり、岩隈さまはすでに屋敷を出たと徳太郎はいいたいのか」

「そういうことだ。あの屋敷からは、男のものらしい気配がほとんど感じられぬ」

「そうか。出たのか。それはそれでまずいな」

修馬は振り返り、千代田城のほうを見た。ここから岩隈久之丞が目指しているはずの大手門まで、半里ほどである。歩いて四半刻《しはんとき》、走ればその半分で着くだろう。

「修馬、行くぞ」

徳太郎が地を蹴《け》り、西に向かって走り出した。あわてて修馬も続く。

「しかし修馬、のんびり飯を食っている場合ではなかったようだな」

振り返って徳太郎がすまなそうにいった。

「確かにな。もし岩隈さまが殺害されてしまったら、悔やんでも悔やみきれぬ」

走りながら修馬は答えた。

「修馬、まことに申し訳ないことをした。俺が朝餉を誘ったばかりに、このような仕儀になってしまった」

「徳太郎、気にするな」

まだ大して走っていないのに、修馬は、少しだけ息が上がってきたのを感じた。昨晩の疲れが今頃、出たのだろうか。それとも、鍛え方が足りないだけか。

「徳太郎、まだ岩隈さまが襲われたと決まったわけではないぞ。それに、美奈どののつくってくれた朝餉は、すばらしかった。あれを食べずに出てきていたら、それはそれで後悔していただろう」

「うむ、そうかもしれぬ」

「徳太郎、今はとにかく急ぐことが肝心だ。まだなにも起きておらぬかもしれぬのに、気に病むことはない」

九段坂を横切ると、道が左にゆるやかな曲がりになった。

それからさらに四町ばかり駆けたとき、それらしい行列が目に飛び込んできた。供の人数は二十人ほどか。距離は、まだ一町以上はある。

「あれだろうか」

徳太郎のつぶやきが修馬の耳に入る。

「多分そうだ」

修馬は答え、さらに足を急がせた。

行列まであと半町というところまで迫ったとき、前を行く徳太郎が振り返り、修馬に怒鳴るようにいった。

「修馬、急げっ。この先の角から妙な気配が漂ってきておるぞ」

「ま、まことか」

息を切らした修馬がきき返した瞬間、横合いの辻を飛び出した黒い影が見えた。陽《ひ》射《ざ》しをはね返し、ぎらりと残忍そうな光を帯びたのは、影が手にしている白刃である。

影は般若面をかぶっていた。

──昨晩の女だ。

刀を八双に構えた般若面の女はしなやかに動いて、行列へ向かっていく。まっすぐ駕籠《かご》に向かって斬り込もうとしていた。

時造から般若党の襲撃があるかもしれぬことを伝えられているはずの岩隈家の家臣たちは、般若面の女がいきなりあらわれたことに、あたふたと狼狽《ろうばい》しているだけだ。すぐさま抜刀できた者など、三人もいない。中には、柄袋をしている者までいた。それも一人や二人ではなかった。

──なんと迂闊《うかつ》な者どもよ。しかし、襲撃が今夜だと思っていたのなら、無理もないか。

とにかく、と奔馬のように足を急がせて修馬は思った。俺や勘兵衛、岩隈さまは完全に般若党に裏をかかれたのだ。

──もし徳太郎が、岩隈さまの登城時が危ういといわなんだら、俺たちはここにはいなかった。おそらく、岩隈さまのお命はなかったであろう。

しかし、あと数瞬で修馬たちは行列に到達できる位置まで来ていた。修馬も徳太郎もすでに刀は抜いていた。

──大丈夫だ、これなら間に合う。

だが、修馬たちが岩隈久之丞の駕籠に達する前に、般若面の女が跳躍してみせた。弧を描いて、ひらりと宙を飛んだのだ。

般若面の女は、右往左往する供の者たちを越えて、駕籠から半間ほどのところに音もなく着地した。

駕籠に向かって、ためらうことなく刀を振り下ろしていく。

がつ、というかすかな音が修馬の耳に響いてきた。ほぼ同時に、駕籠が真っ二つに斬り割られたのを修馬ははっきりと見た。

――しまった。岩隈さまが殺られてしまったぞ。

暗澹《あんたん》としたが、次の瞬間、二つに叩き潰された駕籠から、ほうほうの体で這《は》い出てきた影が見えた。般若面の女とは駕籠を挟んだ反対側である。

あっ、と修馬は心の中で叫び声を上げた。

――あれは岩隈さまではないか。

精悍な顔が修馬の目に映り込む。

――うむ、まちがいない。

生きておられた、と修馬は胸をなで下ろした。久之丞は、ぎりぎりで女刺客の刀をよけたのだ。浅手くらいは負ったかもしれないが、動きはけっこう素早い。少なくとも、命に別状はないようだ。

――ああして岩隈さまがかろうじて死地を抜け出せたのも、昨夜、危険が迫っていることを時造が知らせたからではないだろうか。岩隈さまに心構えがあったからこそ、あれだけうまく立ち回ることができたのだ。

手で土をかくようにしてその場を逃れようとする久之丞を追いかけて、般若面の女が再び跳躍した。駕籠を跳び越えるや、刀を振り下ろしていく。

久之丞の体が両断される。その光景を修馬は、はっきりと見たような気がした。

だが、実際にそのようなことはなかった。女刺客の刀はあっさりと弾き返されたのだ。

きん、と金属音が立った。

強い衝撃をまともに受けて女刺客はたたらを踏んだが、なんとか体勢を立て直した。刀を八双に構える。

思いもかけない出来事に般若面の中の目が大きく見開かれたのが、修馬には見えるようだった。

徳太郎が般若面の女の前に立ちはだかり、刀を正眼に構えている。しゃがみ込んだままの久之丞を背後にかばっていた。

修馬から見てもまるで隙《すき》がなく、さすがの女剣士も踏み込めずにいるのが知れた。

――しかし徳太郎はあの女剣士と刀を合わせたが、頭は痛くなっておらぬのかな。

案じて修馬は見つめたが、徳太郎は平気な顔をしている。苦しそうな様子など微塵も感じられない。

大丈夫なのか。

――つまり、先ほどの斬撃は秘剣ではなかったということか。

身じろぎ一つせずに女剣士は、宿敵といえる徳太郎をにらみつけているらしい。その間に修馬は行列を回り込み、かがんで動けない様子の久之丞のそばに近寄った。

「ご無事ですか」

声をかけると、こわごわと久之丞が顔を上げる。修馬と目が合った。

「おおっ、山内ではないか」

強張った顔の久之丞が大きな声を上げる。

「はっ、山内修馬でございます」

「なにゆえここにおる」

「久岡勘兵衛どのに、岩隈さまを守るように頼まれたゆえでございます」

「なに、久岡に」

久之丞が驚いたが、すぐに近くに立つ別の一つの影に気づいた。

「この者は山内の仲間か」

女刺客と刀を構えて対峙《たいじ》している徳太郎を見つめて、久之丞がきいてきた。

「はっ。朝比奈徳太郎と申しまして、類《たぐ》い稀《まれ》なる遣い手でございます」

「類い稀なるか。まことによい響きであるな」

久之丞がかすかに笑みを浮かべた。どうやら最大の危機を乗り越えたことがわかり、少し余裕ができたようだ。

修馬は、大きな声で久之丞に徳太郎のことを告げた。

「この比類なき腕前の朝比奈徳太郎がおそばにおる限り、岩隈さまに般若党の刃が触れるようなことは、決してありませぬ」

「それは頼もしい」

久之丞とのやり取りが聞こえたのか、女剣士が、ぎり、と奥歯を嚙み締めたらしい気配が修馬に伝わってきた。女剣士は相変わらず徳太郎をねめつけている。

——あの女、この殺気の強さからして徳太郎とやり合う気でおるのだな。相変わらず強気だな。

怖いものなしに突き進んでいくような剣が、女剣士の持ち味といってよく、戦いは時の運とはいえ、今回は徳太郎が相手である。女剣士にとって分が悪いとしかいいようがない。

――女とは思えぬ腕前であるのは認めるが、徳太郎の腕は、勘兵衛の上をいくぞ。勘兵衛に勝てなかった者が、徳太郎を殺れるはずがない。

それは、女剣士も承知の上かもしれない。この襲撃も、般若党の頭というべき者に命じられてのことだろう。修馬は女刺客が哀れに思えて仕方なかった。

――いや、今は同情などしておるときではないな。もし女刺客が徳太郎とまともに戦うつもりでおるなら、捕らえる絶好の機会といってよい。よし徳太郎、頼むぞ。殺してくれるな。

修馬は徳太郎に向かって、胸中で語りかけた。任せておけ、と徳太郎の背中が力強く答えたような気がした。

――おっ、俺の心の声が届いたのか。

そうかもしれない。この世は不思議で満ちているのだ。

気合を発することもなく女剣士が地を蹴り、徳太郎にまっすぐ突っ込んできた。一瞬で徳太郎との間合が詰まり、刀を頭上から落としていく。

徳太郎はその場を動こうとしない。刀を少しだけ上げて、女剣士の斬撃をまともに受け止めた。

がきん、と鉄同士が打ち合う音があたりに響き渡る。

――徳太郎っ。なにをしておるのだ。あれほどいったではないか。

修馬の耳に音が入り込んできた。岩隈家の家臣たちが頭を押さえ、次々にうずくまっていく。

修馬の頭もすぐに痛くなった。耐えきれないほどの痛みだ。うう、となり、久之丞も顔をしかめている。今にも額が地面につきそうになっている。

熊《くま》にでも締め上げられたかのように修馬の頭の痛みは増していった。直後にあたりが暗くなり、修馬は目が見えなくなったことを知った。

――勘兵衛どのから話を聞いていたとはいえ、信じられぬ。このような剣が本当にあるなど……。まこと、この世は不思議であふれておる。

修馬は、まともに刀を合わせた徳太郎のことを案じざるを得なかった。

――徳太郎は無事なのか。秘剣をまともに受けて、勘兵衛は女刺客に打ち勝ったというのか。夢の中の俺が力を貸したとはいえ、それも勘兵衛が遣い手だからこそ、逆襲に転じられたのだろう。なまなかな者では、あっさりと殺されてしまうのはまちがいない。

張られた綱が弾かれでもしているかのように、殺気がびんびんと伝わってくる。徳太郎と女刺客は今も対峙しているのだ。

秘剣をまともに受け止めたのに、徳太郎はなにゆえ平気でいられるのか。さっぱりわけがわからず、女刺客も戸惑っているのではないだろうか。

――もし徳太郎が岩隈さまの警護につくことを断っていたら、俺は女刺客にとうに骸《むくろ》にされていただろう。こうして生きていられるのは徳太郎のおかげだ。友垣というのは、実にありがたいものよ。これからも大切にしなければならぬ。

徳太郎が命を懸けて女刺客と戦っているときだが、修馬はそんなことを考えていた。ようやく頭の痛みが消え、目が見えるようになってきた。目の前の光景がうっすらと戻ってきた。

――見える。ああ、本当に見える。

さすがに修馬は、ほっとした。久之丞も同様のようだ。

安心したような顔つきの家臣たちが、急いで久之丞のそばに集まってきた。久之丞の無事を知り、安堵している。

家臣の誰もが女剣士に厳しい眼差しを注いでいるが、修馬と徳太郎に対しても怪訝そうな目をちらちらと向けてきている。

女剣士が徳太郎をめがけ、またも突進してきた。この場で決着をつけようとするかのような勢いだ。間合に入り込むやいなや、徳太郎に刀を振り下ろしていく。

正眼に構えている刀を、徳太郎が再び上げた。またしても受け止めるのか、と修馬はひやりとして思ったが、徳太郎は横に動いてその斬撃をかわした。

女刺客の刀が空を切る。そのような動きを徳太郎がするとは女刺客は思ってもいなかったらしく、刀を引き戻すのがわずかに遅れた。

修馬でもわかったその隙を、徳太郎が見逃すはずがなかった。目にもとまらぬ斬撃が女剣士を襲ったのである。

しかしながら、女剣士もさすがの腕前で、刀が間に合わないのを覚り、体の動きだけで徳太郎の斬撃を避けてみせた。

――これはまたずいぶんと柔らかい体の持ち主よ。

修馬は目をみはった。

――あれは、女ならではというところだな。男には決して真似できぬ。

女刺客を追って徳太郎の刀が旋回する。胴を斬り裂くと見えたが、女はそれをしゃがみ込むことでかろうじて避けた。

女剣士が立ち上がろうとする。だが、そのときには徳太郎の刀が頭上に迫っていた。

女剣士の頭が真っ向から二つに割れる光景を修馬は想像した。

だが徳太郎の刀はわずかに変化し、女刺客の般若面を打ったのだ。がつ、という音がし、般若面が割れて地面に落ちた。女の素顔が見えた。美しい顔立ちをしていた。

――ほう、これは。

修馬は見とれかけた。

そのときにはもう、徳太郎が女刺客に刀を突きつけていた。それでも女刺客は刀を突き出そうとした。

だが、徳太郎が刀を振るうと、女の手からあっさりと刀が飛んでいった。岩隈家の家臣たちの上を越え、がしゃんと地面に落ちた音が聞こえた。

はっとして修馬が女剣士に目を戻したときには、なにごともなかった顔で徳太郎が再び刀を突きつけていた。女剣士は身じろぎ一つできず、立ちすくんでいた。刀のほかに得物はなにも持っていないようだ。

――それにしても、さすがとしかいいようがないな。徳太郎が来てくれて本当によかった。まさに桁ちがいの強さとしかいいようがない。

「おい、女。自害などするなよ」

徳太郎が強い口調で命じた。

「もし舌を噛もうとしたら、顔が腫《は》れるまで殴りつけてやる」

「死ぬ気はない」

女剣士がはっきりといった。

「それはいい心がけだ。――修馬、なにか縛る物はないか」

女剣士を見据えたまま、徳太郎が呼びかけてきた。

「今は刀の下げ緒しかないな」

修馬は、手に持っていた抜き身を鞘におさめた。鞘から下げ緒を取り、徳太郎に近づく。

「この女を後ろ手に縛ってくれ」

「承知した」

背後に回った修馬は、女剣士の腕をねじり上げるようにして縛り上げた。

「これでよし」

修馬は、できるだけ強く縛めをした。

「修馬、外れぬか」

「多分、大丈夫だ」

「なんとも心許《こころもと》ない返事だが、俺がいれば逃げられることはない。修馬、捕まえることができてよかったな」

「うむ。しかし徳太郎、俺の心の声が聞こえたのか」

「この女と俺が対峙したときだな。修馬の心の声が聞こえたわけではない。修馬の思っていることがなんとなくわかったに過ぎぬ。だが、それで十分だろう。俺には、この女を殺す気はまったくなかった」

「そうだったか」

相槌《あいづち》を打ってから、修馬は久之丞に目を転じた。

「お目付、この女をどうしますか」

「城に連れていくのがよかろう」

「承知しました」

千代田城まで引っ立てるのに、岩隈家の家臣にこの女剣士を任せるわけにはいかない。後ろ手に縛られているといっても、あっという間に逃げ出してしまうだろう。今は徳太郎という凄腕《すごうで》が、この女の動きを止めるのに必要である。

行列はなにもなかったように動きはじめた。もっとも、駕籠を潰されてしまったから、久之丞は徒歩である。

「ところで徳太郎、一つきいてよいか」

徳太郎に肩を並べた修馬は申し出た。

「なんだ」

「おぬし、この女の秘剣をまともに受けたが、頭は痛くならなかったのか」

「痛くなったに決まっておろう」

「えっ、まことか」

女剣士も体をぴくりとさせた。

「頭の痛みに耐えられたのか」

「まあ、なんとかな」

「目はどうだった」

「目も見えなくなった」

「えっ、そうだったのか。だったら、なにゆえ秘剣をまともに受け止めたのだ」

最大の疑問を修馬は口にした。

「いや、この女の秘剣がどのようなものか、味わってみたかったのだ」

徳太郎が平然といった。

「なに」

声を発し、女があきれたように徳太郎を見た。

「頭の痛みに耐えながら、このような剣がこの世にはあるのだなあ、と正直びっくりしておった。世の広さを実感しておったのだ」

「だが、この女剣士は徳太郎に襲いかからなかったぞ」

「俺は目を開け、なにも効いておらぬという顔をしておったからな。もともと痛みには強くできておる。目は見えなかったが、この女の気配はしっかりと嗅いでおった。どこから斬りかかってきたとしても、負けぬという自信はあった」

「気配を嗅いでいたというが、それは心眼というやつか」

「さて、どうかな。いくら研ぎ澄ましたところで、心で相手の姿が見えるようになるものなのか。もしかして、さらなる修行を積めば、いつかは心でものが見えるようになるのかもしれぬが。つまり俺は、まだまだ研鑽《けんさん》が足りぬということであろうよ」

そのとき修馬は、どこかから眼差しを感じたように思った。

――誰か俺を見ている者がおる。

修馬はあたりに目を配った。

――あっ、あそこだ。

二つの大名屋敷に挟まれた通りの塀際に一人の年寄りが立ち、こちらをじっと見ていた。

——あやつは、辻番を装っていた年寄りではないか。

引っ捕らえてやる、と修馬が奮い立った瞬間、その意気込みを感じ取ったかのように年寄りがさっと体をひるがえした。

——ちっ、逃げやがったか。般若党は逃げ足だけは速いからな。

いくら相手が年寄りだからといって、追ったところで追いつけないことはわかりきっていた。修馬は走り出さなかった。

「あの年寄りも般若党か」

徳太郎も気づいていたようだ。

「そうだ」

「女から年寄りまで、いろいろと取りそろえてあるものだ」

感心したように徳太郎がいった。

「まったくだ」

修馬はうなずいた。

すでに千代田城の大手門が目の前に迫ってきている。

第四章

一

筆をまっすぐ手前に引き、いったん止めてから、すっ、と上げた。

目の前の紙を見て矢場将監は顔をしかめた。

出来は、いいとはいえない。

いや、むしろ悪い。

『斬《ざん》』という字を書いたのだが、心の揺れが明らかに出てしまっている。

——睦紀のことが気になり、このざまだ。まったく情けない男になり果てたものよ。

筆を置いて目を閉じ、将監は心気を研ぎ澄ませた。

よし、とうなずいて目を開けた。紙を替え、その上に文鎮をのせる。筆に墨を含ませ、もう一度、同じ字を書いてみた。

結果は先ほどと変わらなかった。

——うまくいかぬ。

紙を丸めて背後に投げ捨てた。このまま畳の上に横たわりたい気分だ。

もう一度だ、と心に決めて将監は紙を文机《ふづくえ》の上に置いた。文鎮を手に、斬という字が悪いのか、と考える。

――ふむ、なにかほかの字にするか。

なにがよいか、思案しはじめた。

――おや。

顔を横に向け、将監は耳を澄ませた。手に持っている文鎮を文机にそっとのせる。

来客があったのか、玄関のほうから人声がしている。

今は朝の四つになったかどうかという刻限である。この時分は、たいてい将監は書にいそしんでいる。

――ふむ、伝わってくる気配からして客は雷蔵だな。

人声が途絶え、それに代わるように廊下を渡る足音が聞こえはじめた。それが将監の前で止まる。

「殿――」

襖《ふすま》越しに声をかけてきたのは、一の家臣である二岡玄八郎である。

「客だな。雷蔵か」

「さようにございます」

「雷蔵一人で来たのか」

「御意」

――睦紀は一緒ではないのか。

目が険しくなったのがわかった。

「客間に入れておけ」

口調も荒くなった。

「承知いたしました」

襖を開けることなく、玄八郎が廊下を去っていく。

指や手のひらのどこにも墨がついていないことを確かめてから、将監は立ち上がった。足元に、先ほど反故《ほご》にした紙が落ちている。それを意味もなく蹴《け》り上げた。

心がひどく波立っている。刀架の刀を手に持ち、手荒に襖を開けた。

庭から風が吹き込んできた。昂然《こうぜん》と胸を張り、将監は廊下を歩き出した。

客間の襖を開ける。隅のほうに雷蔵がかしこまって座していた。将監を見て、畏《おそ》れ入ったように平伏する。

雷蔵にじろりと一瞥《いちべつ》をくれてから、将監は座った。

「なにゆえ睦紀は一緒でないのだ」

開口一番、いった。

「はっ、それが……」

顔を上げ、雷蔵がなにかいおうとした。将監はそれをさえぎった。

「捜し出せと命じたはずだ」

はっ、と顎《あご》を引いて雷蔵が額の汗を拭《ふ》く。

「睦紀は今どこにおるのだ」

「あの、……千代田城ではないかと」

おそるおそるという風情で雷蔵が告げる。

――なにっ。

眉間《みけん》にしわが寄ったのを将監は感じた。

「睦紀は捕まったのか」

まさかと思いつつきいた。

「御意」

むう、と心中でうなり声を発した。

「いつのことだ」

「つい四半刻《しはんとき》ほど前のことでございます」

「委細を申せ」

はっ、と頭を下げて雷蔵がどういう経緯で睦紀が捕らえられたか、話し出した。

雷蔵の話を聞き終えた将監は、込み上がってくる苦々しい思いをなんとか噛《か》み殺した。

「そうか、睦紀は今朝、出仕途上の岩隈久之丞を襲ったのか」

「さようにございます。手前が睦紀さまを捜し出したときには、すでに岩隈久之丞の駕籠《かご》に斬《き》りかかろうとしているところでございました」

睦紀の狙《ねら》いは悪くない、と将監は思った。まさか日のあるうちに襲撃があろうとは、岩隈久之丞も考えていなかったはずだからだ。

――だが、必ず襲撃があることを読んだ者がおる。それこそが、雷蔵の話に出てきた遣い手であろう。

以前、天陣丸においての戦いで睦紀を追い詰めた遣い手がいた。圧倒的な強さを誇る剣客である。

江戸でも五指に入るのではないかといわれるほどの男だ。

名は朝比奈徳太郎。

――朝比奈徳太郎こそ、最初に殺しておくべき男だった。

だが、それは無理な話だった。あの男を襲撃して殺すことなどできはしないのだ。あの男はあまりにも強すぎ、命知らずの我らといえども、犠牲をいたずらに出すだけということは、はっきりしていた。

毒殺も考えてみたが、異様に勘の鋭い男ゆえに、それもできそうな気がしなかった。となれば、懐柔しかない。正義の心が人並み外れて強い男だけに、金で転ぶことはあり得ない。味方に引き込むことはあきらめるしかなかった。

やつの牙《きば》を抜いてやればよいのだ、と将監は覚《さと》った。朝比奈徳太郎が熱望している仕官をかなえてやることが、その手立てになると踏んだ。

そして将監は実際にそうしたのだ。

――朝比奈徳太郎め、小諸牧野家への仕官という餌《えさ》を与えたのに、しゃしゃり出てきおって。くそう、目論見《もくろみ》が外れたか。

将監は、ぎり、と奥歯を噛み締めた。

矢場家の遠縁に当たるらしい小諸牧野家に、朝比奈徳太郎を家臣の列に加えるように依頼するのはたやすいことだった。あの家はとにかく貧しく、金を与えさえすれば、昔からなんでもいうことをきくのだ。

つい最近、小諸牧野家での騒ぎに朝比奈が関《かか》わり、しかも主君の康時の危機を救うという活躍をしたことを聞かされ、やつを骨抜きにする絶好の機会が到来したことを覚ったのである。

すぐさま小諸牧野家に自ら赴き、朝比奈徳太郎を召し抱えるようじかに談じ込んだ。康時自身、朝比奈のことを気に入っており、家臣にすることに否やはないようだったが、やはり問題は金だった。

信じられないほど台所事情が厳しい小諸牧野家は百姓から収奪ばかりしており、領内では餓死者が続出していた。いくら主君が朝比奈徳太郎を召し抱えたいと望んだところで、仕官話がたやすく運ぶような実情ではなかった。

康時及び牧野家の江戸家老に会った将監は、千両の支度金を、すでに供の者に持たせていた。朝比奈の仕官話がまとまった暁にはさらに千両払う、それでももし足りなければ、朝比奈に与える禄《ろく》をこちらから出してもよい、とまでいったのである。

この条件ならば、朝比奈を家臣にしたところで、小諸牧野家の懐はまったく痛まない。話はあっさりと決着し、朝比奈は牧野家に召し抱えられることに決まったのだ。

将監がなにゆえ朝比奈徳太郎をそれほどに推してくるのか、康時たちは不思議そうにしていたが、このことは他言無用である、もし他に漏らしたらこの千両は返却して

もらう、と将監がきつくいうと、それ以上なにもいわなかった。二千両もの金がかかったという
のに、それが無駄になったか。

くそう、と心中で毒づいて将監は腕組みをした。

――朝比奈は、今日から牧野家に出仕することが決まっておったはずだ。だが、やつは岩隈久之丞の警護についた。朝比奈にとって、そちらのほうが仕官よりも大事だったというわけか。

信じられぬ、と将監はうめいた。

――朝比奈と岩隈は、さほど親しい関係というわけでもないはずなのに……。

そうか、とすぐさま察して将監は顔をゆがめた。

――朝比奈が岩隈の警護についたのは、山内修馬の依頼だったにちがいあるまい。朝比奈にとって、山内修馬のほうが仕官よりもずっと大切ということなのだ。

山内と朝比奈の二人が親しくつき合っていることは知っていた。だが、まさかそれほど深い絆《きずな》で結ばれている者同士であるとは知らなかった。

――どうやら、わしは見誤ったようだ。雷蔵が山内の始末を図ったことで、朝比奈徳太郎が出てきてしまったのだ。

目の前に座す雷蔵に眼差《まなざ》しをぶつけた。雷蔵が身をかたくする。

不機嫌に息を吐いて雷蔵から目を離し、将監は天井を見上げた。

――雷蔵などに、山内を襲わせる許しを与えておくのではなかった。しくじるのは目に見えていたではないか。山内はしぶとい剣を遣うという話だ。雷蔵ごとき年寄りが襲ったところで、討てるはずがなかったのだ。山内を本気で討つつもりならば、わしが出ていくべきだったのだ。

将監はほぞを噛んだ。

しかし、今さら後悔してもはじまらない。今は前に突き進むしかない。

――睦紀を取り返すにはどうすればよいか。

将監の思案は、ただそれだけである。浮かんだ手立ては一つ。

――よし、やるぞ。今はもう迷っている場合ではない。手はこれしかあるまい。

すっくと立ち上がった将監は、客間の襖に手をかけた。

「あの、もしやお出かけですか」

おずおずと雷蔵がきいてきた。

「そうだ」

雷蔵を見下ろして将監はうなずいた。

「あの、手前はどうすればよいでしょう」

「湊《みなと》に行っておれ。天臨丸が湊に入ったら、すぐさまわしに知らせよ」

「承知いたしました」

ほっとしたように頭を深々と下げ、雷蔵が出ていく。

——雷蔵もわしのそばにいると、息が詰まるようだな。

しかし、上に立つ者はそのくらいがちょうどいい。なめられるよりも恐れられるほうがずっとよいのだ。

自室に戻った将監は文机の前に座り、一通の文をしたためた。文机の引出しから般《はん》若面《にゃめん》を取り出し、糊《のり》を使って文を貼《は》りつけた。

立ち上がって両刀を帯び、懐に般若面を入れた。

襖を開けて廊下に出た。玄関に向かう。

「殿、お出かけでございますか」

玄関近くに控えていた二岡玄八郎が穏やかな笑みを浮かべて寄ってきた。

「うむ、出かけるつもりだ」

矢場家の者は、般若党と呼ばれている者とは一切関わりがない。般若党と呼ばれている者のほとんどは、時之助が率いていた海賊衆である。時之助が生きていることを知らせたことで、歓喜して大坂に集まってきた者たちである。

時之助や雷蔵という怪しげな者がときを選ばずに屋敷に出入りすることに、玄八郎を初めとする家臣たちは少なからず不安を抱いているはずだが、口を出すことはない。将監をなにより恐れているのだ。

「供は誰をつけましょう」

玄八郎がきいてきた。

「いらぬ」

「えっ」

玄八郎が驚く。

「今日はわし一人で行ってまいる」

なにしろ荒事をしなければならないのだ。矢場家の者を連れていくわけにはいかない。

「しかし、殿ほどのご身分のお方が供をつけずに府内を歩かれるなど――」

「よいのだ。大坂を引き上げて以来、わしは隠居も同然の身よ。一人で出歩いたところで、見咎《みとが》める者などあるまい」

「さようでございますか」

玄八郎は眉《まゆ》を曇らせている。

「あの、殿、どちらにいらっしゃるのでございますか」

「番町だ」

この程度は教えておいても大丈夫だろう、と将監は踏んだ。

「番町に行かれるのでございますか」

「あの町にも、わしの知り合いはおる」

「殿はことのほか、お顔が広うございますゆえ、番町にお知り合いがいらっしゃるのは当たり前のことでございます」

「わしは、顔が広いかな」

「はい、とても広うございます」

玄八郎がはっきりと答えた。

顔が広いなどと、ほとんど考えたことはなかった。なにしろ、友垣は異様に少ないのだ。いや、一人もいないといってよいのではないだろうか。

これまでは金が友垣だった。他人は信用できない。

ゆえに、妻もめとらなかった。大事な金を持ち逃げされたらどうするのだ、という思いがあった。

――しかし、いまわしにとって最も大事な物は金ではない。

「玄八郎、では、行ってまいる。留守を頼んだぞ」

「承知いたしました」

三和土《たたき》に降りて将監は雪駄《せった》を履いた。

「お気をつけて」

玄八郎が門まで出てきて、将監を見送ってくれた。

道に出た将監はちらりと振り返った。少し心細げに立つ玄八郎の姿が見えた。

――もし般若党と呼ばれる者たちを率いる頭目がわしだと露見し、捕らえられたときには、矢場家は取り潰しになるであろう。貯めに貯めた金も公儀にぶんどられるであろう。

将監は前を向いた。

――玄八郎たちは一文の金も与えられず、路頭に迷うことになる。わしというあるじに仕えたことが悪かったとあきらめてもらうしかない。

もっとも、玄八郎たちはなにも関わっておらぬことがすぐに知れるはずだ。牢《ろう》に入れられるようなことには、まずならないだろう。

それだけは、不幸中の幸いといってよいのではないか。

――それにしても、なにやらわしの身辺はずいぶんと、きな臭くなってきた。もしやすると、人生の終わりが近づいておるのではないか。このきな臭さは、わしを荼毘《だび》に付しているにおいではないのか。

生きていても、そのようなにおいを嗅《か》ぐことはいくらでもあるだろう。

歩きつつ将監は手のひらを見た。

手相など信じるたちではないが、どうも命に関わる筋が切れているような気がしないでもない。

――ふむ、わしの寿命も尽きつつあるのか。わしも六十を過ぎた。そうかもしれぬ。これまでさんざん悪事をはたらいてきた。その報いが、訪れようとしているのであろう。すでにその覚悟はできている。

だからといって、将監にただで死ぬ気はない。大勢の者を道連れにするつもりでいる。

――でなければ、矢場将監ではない。なにしろ、わしは悪鬼も同然の男だからな。わしより先に、多くの者どもを地獄へと送り込んでやるのだ。

途中、将監は一軒の車屋に寄った。

「すぐに必要としておるのだが、この店に大八車は置いてあるな」

もみ手をして寄ってきた若い奉公人に、将監はきいた。

「はい、裏に何台か置いてございます。お好きな物を選ぶこともできますよ」

「いや、なんでもよい。安いのがよいのだ」

「すみません、どれも同じ値なのです」

「そうか。いくらだ」

「二両です」

高いな、と思ったが、背に腹はかえられない。いわれた通りの代を払い、将監は新品の大八車を表に持ってこさせた。

「これでようございますか」

「十分だ」

将監は大八車の梶棒《かじぼう》を握った。

「あの、お侍がご自身で引かれるのですか」

若い奉公人が目をみはってきく。

「そうだ。おかしいか」

「いえ、別におかしくはございませんが」

確かに、身なりの立派な侍が大八車を引くという図は、ほとんど見かけることはないだろう。

「では、もらっていくぞ」

「はい、どうもありがとうございました」

若い奉公人が深く頭を下げた。

「ああ、そうだ。余っておる筵《むしろ》と縄があれば、くれぬか」

「はっ、はい、承知いたしました」

店の奥に姿を消した若い奉公人が、筵と縄を持ってやってきた。

「これでよろしゅうございますか」

将監は縄と筵を手に持ってみた。

「うむ。かたじけない」

「いえ、二両もの品をお買い上げくださったので、このくらいでしたら、いつでもご遠慮なくおっしゃってください」

「かたじけない」

腕と腰に力を込め、将監は大八車を一人で引きはじめた。もっとも、空なので、大した力がいるわけではない。

大八車を引き続けていると、やがて道は番町に入った。

少しだけ足をゆるめて、将監は空を見た。太陽は中天にある。

——じき正午という刻限か。

相変わらず番町は静かなものだ。この町には何度か来たことがある。もう四十年以上も前のことだ。小姓組だった者が隠居し、屋敷で家塾を開いた。すばらしい講義をしてくれるという評判を聞き、将監は何度か足を運んだのだ。

講義は、隠居がぽっくりと逝ってしまったことで終わりを告げた。それ以来、番町に来たことはない。

——ふむ、ここだな。

前に雷蔵から、場所を教えてもらっている。千二百石という割にけっこう立派な長屋門を左手に見やり、将監は大八車を引きつつ通り過ぎた。

久岡屋敷は静かなものだった。気配を嗅いだ限りでは、久岡勘兵衛はいない。当然のことだが、千代田城に出仕しているのだ。

——今頃、般若党に関する事柄を、なんでもよいから必死に集めておるのであろう。だが、わしが頭目であることは今すぐに露見することはあるまい。

空き屋敷らしい一軒の屋敷の前に、将監は大八車を止めた。久岡屋敷からおよそ一町というところだ。

——ふむ、あいだに一つの屋敷があるだけだ。塀を乗り越え、この空き屋敷まで連れてくればよいな。

空き屋敷の長屋門は、中から閂《かんぬき》が下りていた。くぐり戸には、がっちりとした錠がかかっていた。

まわりを見渡し、付近の路上に人影がないことを将監は見て取った。

刀を引き抜き、心気を静めた。やれる、という確信を得るや、将監はくぐり戸の錠に向かって刀を振り下ろした。

なんの手応《てごた》えもなかった。

錠が真っ二つになり、敷石の上に落ちようとするのを、将監は右手を伸ばして受け止めた。音を立てたくはない。

刀を鞘《さや》におさめ、くぐり戸から空き屋敷内に足を踏み入れる。後ろ手にくぐり戸を閉め、次いで長屋門の閂を外した。

表門を開けて大八車を敷地内に引き入れ、表門を閉めた。閂は下ろさない。

白昼堂々、空き屋敷へ入り込んだが、界隈《かいわい》で気づいた者は誰もいない。そのことを将監は確信している。懐から頭巾を取り出し、かぶった。

空き屋敷内の庭を素早く突っ切り、隣の屋敷との境になっている塀に手をかけた。

腕の力で体を持ち上げ、隣の屋敷をのぞき込む。

目に見える範囲に人けはないが、屋敷内から人の気配や物音はしている。

今この屋敷にいるのは、女子供に年寄りだけであろう。そういう者たちの目をくらますのは、造作もないことだ。

将監は塀の上に腹這《はらば》いになり、隣の屋敷の庭に飛び降りた。

木々に身を隠しつつ、敷地を一気に突っ切った。久岡屋敷との境になっている塀際にやってきた。

欅《けやき》の老木の陰に座り込み、久岡屋敷の様子をうかがった。

こちらも女子供、年寄りの気配しか伝わってこない。

――よし、行くぞ。とっととすませてしまったほうがよい。久岡勘兵衛が不意に戻ってこぬとも限らぬのだからな。

立ち上がって塀に手をかけ、将監は一気に越えた。庭に音もなく飛び降りる。かがみ込み、あたりに油断なく目をやった。

誰何《すいか》の声を発し、躍りかかってくるような者はいない。

――わしが忍び込んだことに気づいた者はおらぬ。

木々の陰を伝って母屋に近づいた。

──やつの女房はどこにおる。美音とかいったか。やはり奥か。

濡縁《ぬれえん》のそばに立った。濡縁に足をのせ、腰高障子を開ける。

そこは八畳間である。人はいない。

雪駄を履いたまま足を踏み入れた。

奥に向かってずんずんと歩き進む。

もしこちらが気づかず、ばったりと行き当たってしまう者がいたら、殺すしかない、と思い定めている。もちろんそれが美音だったら殺すことはない。捕らえるだけだ。

将監は刀の鯉口《こいぐち》を切りつつ、久岡屋敷の中を歩いている。

誰にも行き合うことなく、奥にやってきた。

右手の部屋で人の気配がしている。柔らかな気配からして女だ。

──美音だろうか。

構うことはない。刀を元に戻し、脇差の鯉口を切った。同時にからりと襖を開ける。

いきなり襖が開き、あっ、と女が声を発した。素早く近寄り、将監は脇差を女に突きつけた。

若い女である。まだ二十歳に達していないのではあるまいか。肌はつややかで美しいが、顔形は美形とはいえない。針を手に、なにか繕い物をしていた。

「大声を出したら殺す。わかったか」

「わ、わかりました」

女が震え声で答える。

「針をしまえ。危ないぞ」

「わかりました」

女が針山に針を刺す。

「おぬし、美音ではないな」

それを見た将監はあらためてきいた。

「は、はい。ちがいます。私はただの奉公人です」

久岡家が懇意にしている商家から、行儀見習に入った女ではないか、と将監は見当をつけた。

「奥方はどこにおる」

女は、どう答えようか迷ったようだ。

「いわぬのなら、殺す」

女が、ひっと喉《のど》を鳴らす。

「あ、あちらです」

引きつったような声で答えた。

「あちらではわからぬ」

「廊下に出て突き当たりの部屋です」

「わかった。一人でいるのか」

「お子さまとご一緒です」

「子はまだ小さいのか」

「はい、まだ四つです」

子をさらうほうがずっと手間がかからぬな、と将監は思った。

――だが、せっかく大八車まで用意したのだ。やはり美音をさらっていくことにしよう。

愛する者を奪われて、人というのがどんな気持ちになるか、久岡勘兵衛にじっくり味わってもらうのだ。

若い女に当身を食らわせた。気絶したのを確かめ、将監は立ち上がった。

襖を開けて無人の廊下に出、突き当たりの部屋を目指した。

足を止め、襖越しに中の様子を探る。

確かに、女と幼い子のものらしい気配が立ちのぼっているような気がする。

襖を静かに開けた。

その気配が届いたか、畳の上に横になっていた女が、あっ、とあわてて起き上がろうとする。そばに、幼い子が眠っていた。

　これは絶世の美女といってよいな、と将監は女を見つめて思った。

——ならば、この女が美音でまちがいあるまい。

跳ぶように近づいた将監は、子を守ろうとする美音の首筋に手刀を見舞った。

びしっ、と小さな音が立ち、美音が一瞬で気を失った。細い首が折れないように、もちろん手加減はした。

子はなにも知らずに、すやすやと眠ったままだ。

確かに、と将監は思った。ふるいつきたくなるような女だ。

——しかし睦紀のほうが美しい。睦紀こそが、わしの女だ。

将監には、美音に狼藉《ろうぜき》しようという気は毛ほどもない。

——わしには睦紀こそが必要なのだ。

美音を手込めにするような真似《まね》をしたら、睦紀に対する裏切りではないか。

美音を背負う前に懐に手を入れ、将監は般若面を取りだした。それを子のかたわらに置く。美音を担ぐや、すぐさま廊下に出た。

廊下をまっすぐ進み、いくつもの座敷を通り抜けて庭に出た。ここまで誰にも出合うことはなかった。

庭を横に進み、玄関を目指す。

枝折戸を抜けると、竹垣があった。

――我が屋敷と、どことなく造りがにておるな。

竹垣と竹垣の隙間《すきま》を入ると、すぐ横手が玄関になっていた。

右手に長屋門が建っている。門脇の詰所に、門衛らしい者が二人いるのが気配から知れた。

門衛を始末しないと、気づかれることなく外に出ることはできない。

気絶したままの美音を地面に下ろし、将監は詰所に忍び込んだ。門衛とは名ばかりでしかなかった。二人とも年寄りで、気絶させるのは、赤子の手をひねるよりもたやすかったのだ。

美音を再び背負い、将監は長屋門のくぐり戸から堂々と外に出た。番町の道は、相も変わらず人けが絶えたままである。

道を空き屋敷まで行き、長屋門を開けて中に入った。誰にも敷地内を見られないように門を閉める。

大八車の上に美音を横たえ、猿ぐつわと手足の縛めをした。車屋からもらった筵で美音の全身を覆い、縄で締め上げるように縛った。

——これで美音が目覚めたとして、身動き一つできまい。声も上げられまい。

長屋門を開けた。大八車を引き、将監は空き屋敷をあとにした。あたりには、なおも人けはない。散歩している年寄りもいない。

——まるで、町から人が消えたようではないか。まあ、武家屋敷町というのは、だいたいどこも似たようなものだが。

長屋門をしっかりと閉めた将監は、大八車を引きはじめた。

目指すのは、昔、幼かった睦紀をかくまった下屋敷である。

二岡玄八郎たちのいる屋敷に、美音を連れていくわけにはいかない。

下屋敷は田舎にあるし、仮に美音が喉が張り裂けんばかりに叫んだとしても、誰の耳にも届かない。

下屋敷で働いていた下僕夫婦が相次いでこの世を去ってからは無人で荒れ果てているが、人を一人隠しておくだけなら、恰好《かっこう》の場所といってよい。

美音を下屋敷に置き去りにして、将監は屋敷のある町まで戻ってきた。

すでに暮れ六つ近くになっており、江戸は薄い幕でもかかったかのように暗くなりつつあった。大気は湿り気を帯び、潮の香りをはらんでいる。

その大気を深く吸い込んでから、将監は屋敷に入った。

すぐに用意された夕餉《ゆうげ》を食し、茶を喫していると、来客があった。雷蔵である。

「天臨丸が入港しました」

客間で将監と向かい合った雷蔵が告げた。

「そうか、来たか」

待ちかねた荷がついに届いたのだ。胸が高まる。しかしまだ安心するわけにはいかない。

「荷は無事だろうな」

目を光らせて将監は雷蔵にきいた。

「はい。なにごともなく江戸に着いたと時之助さんがおっしゃっておりました」

唾《つば》を飲み込みつつ雷蔵がいった。

「それは重畳」

将監が顔をほころばせると、雷蔵がほっとしたような笑みをこぼした。

二

はっ、として目が覚めた。

頭に鈍い痛みがある。

――風邪でも引いたのかしら。

美音はぎくりとした。目は開いているはずなのに、なにも見えない。棺《ひつぎ》の中に入れられているかのようだ。

とんでもなく深い闇《やみ》に包まれていることを美音は覚った。

しかも、かび臭い。できることなら息をしたくない。

どうしてこんなところにいるのか、美音にはまったく記憶がない。

どうやら板の間に転がされているらしいのは、わかった。

この板が肩や背中に当たる感じは、幼い頃に味わったことがある。かくれんぼをしたときだ。

――ここは押入じゃないかしら。

左の肩に少し痛みを感じ、美音は身じろぎした。

だが、体の自由が利かない。手足に縛めがされているようだ。

猿ぐつわはされておらず、口は動く。

どうしてこんなことに。急に怖さを覚えた。

恐怖に耐えられず、美音は、誰かっ、と叫んだ。途端に、首筋に痛みが走った。

――頭だけでなく、どうしてこんなところまで……。

まるで寝ちがえたかのようだ。

首の痛みに負けることなく、美音はもう一度、誰かっ、と声を張り上げた。

「助けてっ」

しばらく待ってみたが、応える者は誰もなかった。

どうやら近くに人はいないようだ。人の発する物音も聞こえてこない。

――いい、落ち着くのよ。

美音は自らにいい聞かせた。

――怖いからといって、あわてふためいたところで、なんにもならない。

深い呼吸を何度か繰り返した。

そうしているうちに、勘兵衛の顔が目の前にあらわれた。穏やかな瞳《ひとみ》で、じっとこちらを見ている。

――あなたさま。

呼びかけると、大丈夫だというように勘兵衛がうなずきかけてきた。

恐怖が薄れ、気持ちが安らいだのを美音ははっきりと感じた。

――私がどこにいるにせよ、きっとあの人が助けに来てくれる。

そのことを美音は確信した。波立っていた気持ちが、穏やかさを取り戻している。

――さあ、考えるのよ。なにゆえ私はこのような場所にいるのか。

闇を見つめ、なにがあったか美音は冷静に思い返してみた。

――ああ、そういえば。

脳裏に不意によみがえってきたことがあった。史奈《ふみな》と一緒に午睡をとっていると、部屋の襖がいきなり開き、音もなく敷居を越えてきた男がいたのだ。

見たことのない男で、賊だと直感した美音はすぐさま史奈を守ろうと身構えたが、首筋にしびれるような痛みを感じた。

そのあとの記憶がまったくないのだ。

――私は首筋を打たれ、あの男に気絶させられたのだ。そして、かどわかされてしまったにちがいない。

さすがに美音は暗澹《あんたん》とした。

——あの男の目的はなにかしら。いえ、それよりも史奈は無事なのかしら。一緒にかどわかされてはいないのかしら。

美音は思い切って史奈の名を呼んだ。だが、史奈の声は返ってこない。静寂があたりを支配している。

——どうやら、あの子は私と一緒というわけではなさそうね。

これが安堵《あんど》していいことなのか、美音にはよくわからない。かどわかされて、別の場所にいるかもしれないのだ。

——それにしても、いったいなんのためにあの男はこんな真似をしたのかしら。

やはり、勘兵衛の役目に絡んでのこととしか考えられない。

だからといって、美音に勘兵衛をうらむ気はこれっぽっちもない。

勘兵衛の妻になったときから美音は、どんなことが我が身に起きようと、潔く受け容《い》れると覚悟を決めたのである。

そうである以上、このくらいのことで、へこたれるわけにはいかない。

美音は、もうじたばたしないことに決意した。手足の縛めは、自分の力ではどうやってもほどけそうにないのだ。

——必ずあの人が助けてくれる。

勘兵衛がやってくるのを、美音は心静かに待つことにした。

——あの人に会えるのを夢見ていよう。

喜びが弾ける瞬間が、すでに美音は待ち遠しくてならなくなっている。

——ああ、早く時がたてばいいのに。そうだ、眠ってしまおう。それが、一番ときが早くたつ方法だもの。

息を深く吸って美音は目を閉じた。

——次に目覚めたときは、きっとあの人の胸の中だわ。

頭の中は冴《さ》え冴《ざ》えとしているが、美音は眠りに落ちるための努力をはじめた。

幼い頃からそうしているように、美音はゆっくりと一から数を数え出したのである。

こうしていると、いつしかぐっすりと眠っているのだ。

今日も同じだ、と美音は信じたかった。

三

茶坊主の蓮弘《れんこう》が一礼して詰所に入ってきた。

少し顔がこわばっているのを勘兵衛は見て取った。

――なにか、よくないことでも起きたのだろうか。まさか、また般若党に関することではなかろうな。

組下の徒目付《かちめつけ》は全員が出払っており、いま詰所にいるのは勘兵衛だけである。

蓮弘はまっすぐ勘兵衛のもとにやってきて、文机の横に端座した。

「久岡さま」

蓮弘の声は、わずかに震えを帯びていた。

「なにかな」

「お屋敷からお使いがおいでです」

「屋敷から。はて、なに用だろう」

――我が家《いえ》に悪いことが起きたのだろうか。

「それが……」

「蓮弘どのは、使いから用件を聞かれたのか」

「はい、緊急の用事ということでしたので」

緊急の用事だと、と勘兵衛は腰が浮きかけた。いったい屋敷で、なにがあったというのだろう。

――家人の誰かが、般若党に害されたのではあるまいな。

黒雲が脳裏で激しく渦を巻く。

「蓮弘どの、聞かせてくれぬか」

承知いたしました、と蓮弘が喉仏を上下させた。久岡家でなにがあったのか、低い声で話しはじめる。

「なんと――」

聞き終えた勘兵衛は、目から血が噴き出しそうな心持ちになった。怒りが強すぎて、一瞬、目の前が暗くなった。

その勘兵衛の形相が余りにすさまじかったのか、蓮弘が一歩、二歩と後ずさりした。

――ふむう、信じられぬ。

白昼堂々、美音が屋敷からかどわかされたというのだ。

だが、信じがたいが、それは紛れもない事実なのだろう。美音の姿は屋敷のどこにもなく、美音の部屋に般若面が置かれていたというのだから。

「美音と一緒に子がいたはずだが、それについてなにか聞いておらぬか」

「いえ、お子さまについては使いのお方はなにも……」

「さようか」

子はかどわかされていないと考えてよいのだろうか。

わざわざ般若面を残していったのは、自分たちの犯行であることを誇示するためだろう。

――なにゆえ般若党はそのようなことをわざわざしていったのか。

勘兵衛は頭を巡らせた。

――今朝方、般若党の女剣士が徳太郎どのの手によって捕縛された。多分、そのことと関係があるにちがいない。般若党の頭というべき者は、美音と女剣士との人質交換を目論んでおるのではないか。

まだ横に蓮弘が座したままだ。心配そうな眼差しを勘兵衛に向けてきている。

勘兵衛は目を合わせた。

「蓮弘どの、かたじけなかった。もう引き取ってもらってけっこうだ。ただし、このことはくれぐれも内密に頼む」

「承知いたしました」

蓮弘は茶坊主の中でも、まじめな男といってよい。他言無用といえば、ほかの誰にも漏らすことはない。

文机の引出しを開け、勘兵衛は中からおひねりを一つ取りだした。それを蓮弘にそっと手渡す。

「久岡さま、いつもお心遣い、ありがとうございます」

深く頭を下げて蓮弘が謝意を口にする。

「いや、こちらこそいつも世話になっておる」

別におひねりなどやる必要のないものだが、こうして欠かさずに渡しておけば、次も一所懸命、こちらのために励んでくれる。この程度の出費など安いものだ。

「使いのお方は、大玄関のところにいらっしゃいます」

蓮弘が教えてくれた。

「承知した。かたじけない」

礼をいって勘兵衛は立ち上がった。詰所を出て蓮弘と別れ、大玄関に向かう。

――それにしても、人質交換か。捕らえた女剣士は、般若党にとってそれほど重要な人物ということなのか。そうではなく、頭にとって大事な者ということか。

歩きながら勘兵衛は心中で首をひねった。ふと思いついたことがあった。

――あの女剣士は頭の娘なのか。そうかもしれぬ。

娘なら、人質交換を望んでもなんら不思議はない。

――それとも、妻だろうか。

いずれにせよ、と勘兵衛は考えた。人質交換をするつもりなら、なんらかの形で般若党からつなぎが来るはずだ。

――今はそれを待たなければならぬ。その前に、岩隈さまにこの一件を伝えておかねばならぬな。

ほとんど人けのない大玄関で待っていたのは、屋敷で門衛をつとめている伝助《でんすけ》だった。勘兵衛の姿を認めて、ほっとした顔を見せた。

「伝助、話は聞いた。史奈は無事なのだな」

大玄関の端に伝助をいざない、勘兵衛はすぐさま問うた。

「はい、美音さまのお姿が消えてしまったときも、すやすやとお一人で眠っていらっしゃいました」

相変わらず図太い。こんなときだが、勘兵衛は感心した。

「それはよかった。――ところで伝助、賊の顔を見た者はおるか」

「いえ、おりません。頭巾をすっぽりとかぶっておったようでございます」

伝助がすまなそうに答えた。

「ただ、お義《よし》があの賊に脅されたのでございますが」

「なに、無事か」

「はい、無事でございます。賊の歳は六十くらいではないかと申しております」

「なにゆえだ」

「においが自分の祖父とよく似ていたとのことでございます」

勘兵衛の供として、遣い手といえる者はすべて屋敷を出払っている。賊が忍び込んだからといって、気づくだけの腕前を持つ者は、一人として屋敷に残っていない。

仕方あるまい、と勘兵衛は思った。

――もっとも、賊の顔を見たからといって、すぐに捕縛につながるものではない。

それに、顔を見ずによかったともいえるのだ。もし賊の顔を見た者がいたら、口封じに殺されていたかもしれぬではないか。

「あの、お殿さま、これを」

伝助が一通の文を差し出してきた。

「なんだ、これは」

「般若面の中に、糊でくっつけてありました」

――般若党からのつなぎか。

文を手にした勘兵衛は伝助に屋敷に戻るように命じた。

その場で文を開き、中身を読んだ。

――やはり人質交換か。

胸中でうなずいて、勘兵衛は岩隈久之丞の詰所に赴いた。

みるみるうちに顔が真っ赤になった。

いつも冷静な久之丞にしては珍しい。

「許せぬ」

憤怒の顔で久之丞がいった。

「美音どのをかどわかすなど、許しがたき所業よ。全員ことごとく引っ捕らえ、獄門台に送ってくれるわ」

自分の妻のためにこれほどの怒りを見せてくれたことに、勘兵衛は感謝した。

「勘兵衛、般若党からの文を見せてくれ」

はっ、と勘兵衛は差し出した。

手に取り、久之丞が読みはじめる。

「ふむ、人質交換か」

「御意」

「徳太郎、修馬も読んでおいたほうがいいと思うが、勘兵衛、かまわぬか」

「もちろんでございます」

徳太郎と修馬の二人は、久之丞の詰所に入ることを特に許され、そばに控えている。

徳太郎と修馬が、般若党からの文に代わる代わる目を落とした。

文には、次のようなことが記されていた。

――今宵の九つ、睦紀を天臨丸に連れてこい。天臨丸の上で美音と交換する。誰にもいうな。久岡勘兵衛一人で天臨丸まで来い。もし他の者を連れてきたら美音を殺す。

天臨丸とは般若党の新たな船ということであろう。

読み終えた修馬が勘兵衛に文を手渡してきた。勘兵衛は受け取った。

「もし美音どのを害するような真似をしたら、睦紀とかいう女を殺すまでだ」

久之丞が物騒なことをいう。

「岩隈さま、睦紀を揚屋から出すことはできるのですか」

まなじりを決した顔で徳太郎がきいた。

「出すしかあるまい。できるはずだ」

「それは岩隈さまの権限ですか」

「いや、さすがに上の者に許しを得なければならぬ。だが反対する者がいようと、俺は必ずや押し切る」

決意をみなぎらせた顔で久之丞がいった。

「しかし岩隈さま――」

呼びかけて勘兵衛は畳に両手をそろえた。

「それがしの妻のために、せっかく捕らえた睦紀という女を逃がすような真似はすべきでないと勘考いたします」

「それがしには美奈という妹がおります」

徳太郎が久之丞にいった。

「うむ、それで」

久之丞が先をうながす。

「美奈を睦紀という女の替玉にしてはいかがでしょう」

「そのような真似はいかぬ」

勘兵衛は叱《しか》りつけるようにいった。

「我が妻のために徳太郎どのの妹御を危うい目に遭わせられるわけがない」

「岩隈さまも同じ意見ですか」

徳太郎が確かめる。

「さよう」

「そうですか」

徳太郎が無念そうにうつむいた。

「勘兵衛」

久之丞に呼ばれ、勘兵衛は顔を向けた。

「睦紀という女を解き放つ許しを得てまいる。しばらく待っていてくれるか」

「はっ」

勘兵衛は身を縮こまらせた。申し訳なさで気持ちは一杯だ。

四

暗黒が広がっている。

ちらちらと明かりが見えているが、圧倒的な闇の厚さの前では、なんの力も発揮していないように見える。

ぎい、ぎい、という音が耳を打つ。

時造の漕《こ》ぐ小舟に乗り、勘兵衛は天臨丸を目指している。

睦紀はかたく縛《いまし》めをされて、小舟の中に横たわっている。

睦紀は目隠しもされている。だが、天臨丸の停泊している場所がわかるのか、首を伸ばして顔を上げ、一隻の船のほうを向いている。

湊からだいぶ離れた沖に、暗い影が見えている。相当の巨船である。二千石は優に積めるのではあるまいか。

――あれが天臨丸でまちがいないな。しかしこの睦紀という女、あの船に想《おも》い人が乗っているかのような風情ではないか。いや、まこと、あの船にそのような者がおるのやもしれぬ。

それが般若党の頭だろうか。この女は頭の情婦なのだろうか。

――だがこの必死さを感じさせる風情は、情婦というより想い女といったほうがいいような気がするな。

時造の腕は達者だが、舟足は遅い。それは睦紀も感じているかもしれない。

それでも、徐々に小舟は天臨丸に近づいていく。

潮の流れに乗ったのか、見る間に天臨丸の影が大きくなっていく。

小舟が天臨丸の腹につけられる。

「久岡勘兵衛か」

上からしわがれた声が発せられた。

「そうだ」

「頭を見せろ」

むっ、としたが、勘兵衛は背伸びをして頭を突き出すようにした。

「ふむ、まちがいないようだ」

勘兵衛は元の姿勢に戻った。

「船頭は誰だ」

さらにしわがれ声の問いが続く。

「俺の中間《ちゅうげん》だ」

声を張って勘兵衛は答えた。

「名は」

「時造だ」

一瞬、間が空いた。

「顔を見せろ」

いわれて時造が戸惑う。

「顔を見せてやれ」

躊躇《ちゅうちょ》なく勘兵衛は命じた。はっ、と答えて時造が頭上に顔を向ける。

しばらくのあいだ、船の上からはなにもいってこなかった。沈黙が暗闇に満ちる。

「睦紀を立ち上がらせろ」

静寂の幕を破ってしわがれ声がいった。

時造が抱きかかえるようにして、睦紀を立たせた。

「縛めと目隠しを外せ」

時造がいわれた通りにする。

上から音を立てて縄梯子《なわばしご》が垂らされた。

「睦紀、上がってこい」

これまでとちがう声が勘兵衛の耳に入った。これが頭の声ではないか。

「待て。美音は無事か」

睦紀の肩をつかんで勘兵衛はたずねた。

「いま顔を見せてやる」

またしわがれ声がいい、人の顔が頭上にあらわれた。

勘兵衛は目を凝らした。

「美音っ」

「あなたさま」

美音が叫んだ。その声は虚しく潮風にさらわれていく。

引っ張られたように美音の顔が引っ込んだ。

「久岡、女房の無事がこれでわかっただろう。早く睦紀を上がらせろ。久岡、きさまも一緒に上がってこい」

「わかった」

睦紀が手慣れた様子で縄梯子を伝っていく。そのあとに勘兵衛は続いた。縄梯子など初めてで、かなり苦労した。

「刀をよこせ」

甲板に上がってすぐ、勘兵衛はしわがれ声にいわれた。

船上には、般若面をかぶった者が三十人ほどいる。

――龍の穴に飛び込んだも同然だな。

その中に、頭とおぼしき者は見当たらなかった。配下たちの背後に隠れているのか。

「刀を渡すと、どうなる」

勘兵衛は目の前に立つ男にきいた。顔はまだあまりよく見えない。日焼けしているらしいことだけはわかった。

「渡さなければ、女房の命はない」

数人の般若面の男に囲まれて、美音は舷側《げんそく》近くに立っている。

「刀を渡せば、妻を返すか」

「いいだろう」

「約束はたがえぬな」

「たがえん」

「よかろう」

歩み寄った勘兵衛は、二刀を男に手渡した。そのとき、しわがれ声の男の顔がはっきりと見えた。

あっ、と勘兵衛は声を漏らした。

「おぬし、時造に歳《とし》を取らしたようによく似ておるな。もしや時造の行方知らずの父親か」

「そうだといったら」

「数十年ぶりの親子の対面だったはずだ。あの程度で終わってよいのか」

「構わんさ。あやつ、思った以上によい顔をしておった。それがわかれば十分だ」

「飯沼麟蔵さまというお方が、時造を育てたのだ」

「飯沼というと、きさまの元上役だな」

「そうだ。おぬしが見捨てた子を、まっすぐな男に育て上げたのだ。礼の一つもいっていくらいだぞ」

「いずれ飯沼に会うこともあろう。そのときに礼をいうておく」

「いや、残念ながら、おぬしが飯沼さまに会うことはない。おぬしは獄門になるのだから」

「なるわけがない」

時造の父親がいい放つ。

「妻を返せ」

勘兵衛は静かな声で要求した。

「よかろう」

時造の父親が顎をしゃくる。般若党の配下の一人が美音の背中を乱暴に押した。美音がよろける。

勘兵衛は美音を抱き止めた。ああ、と吐息を漏らして美音が勘兵衛を見つめてきた。

「怪我《けが》はないか」

「はい、どこにもありません」

意外にしっかりとした声をしており、勘兵衛はほっとした。

「美音が無事なら、俺はなにもいうことはないぞ」

「あなたさまは大丈夫ですか」

「俺もなんともない。元気なものさ」

勘兵衛がにっこりと笑みを見せたとき、いきなりがくん、と船が揺れた。体勢を崩しそうになったが、勘兵衛はなんとかこらえた。同時に美音を支える。

ばん、と頭上で音が鳴り、見ると、帆が一杯に張られたところだった。

天臨丸がゆっくりと動き出している。波を切る音が前のほうから聞こえてきた。風がさらに強さを増している。

「どこに向かう気だ」

時造の父親に勘兵衛は鋭くたずねた。

「さて、どこかな。冥土かもしれんぞ」

時造の父親が、うそぶく。順風にあおられて天臨丸は速さを増して沖に向かっていく。

どうやら、と遠ざかる江戸の町を眺めて勘兵衛は思った。

——沖合で俺たちを殺し、海に捨てる算段のようだな。こうして船を動かせば、つけてきている船がおらぬか、確かめることもできる。

勘兵衛は目を閉じた。

「往生際がよいな。観念したか」

冗談ではない、と思ったが、般若党に、そう思わせておくほうが都合がよかった。

――徳太郎どの、修馬。

勘兵衛は祈るような思いで、二人の顔を思い浮かべた。

今はこの二人を頼みとするしか、勘兵衛に道は残されていなかった。

五

鉤爪《かぎつめ》がなかったら、とっくに海に放《ほう》り出されていた。

鉤爪をつけて修馬と徳太郎は天臨丸の船側にしがみついていた。

天臨丸はぐんぐんと船足を上げている。

波しぶきが顔に当たり、痛いくらいだ。

――早く船上に行かなければ。

気持ちは焦るが、鉤爪を使って張りついているのが精一杯で、なかなか上に向かっていくことができない。

修馬と徳太郎は、勘兵衛と睦紀を乗せてきた小舟の後ろにしがみついていたのだ。

修馬たちも引っ張っていたのだから、舟足が遅いのは当然である。

天臨丸に近づくまでは艫《とも》に乗っていることも考えたが、どこに般若党の目があるかわからない。それで舟の後ろの水の中に姿を隠していたのだ。睦紀に目隠しをしたのは、修馬たちがそこにいることを覚らせないためである。さすがに海水は冷たく、修馬の体は冷え切っている。

しかも、波をまともにかぶって、息がしにくい。

しかし、と修馬は思った。こんなことで負けていられない。

――必ず勘兵衛どのと美音どのを助け出すのだ。

「修馬、行くぞ」

徳太郎がいい、鉤爪を使ってじりじりと天臨丸の腹をよじ登りはじめた。

徳太郎のやり方を見習って、修馬も動き出した。

どのくらいの時が過ぎたのか、いきなり天臨丸の速さが落ち、ゆっくりと動きが止まった。

――ここで勘兵衛どのと美音どのを殺す気か。

修馬は覚った。

――そうはさせるか。

すでに天臨丸の垣立のところまで、修馬と徳太郎は上がってきていた。息も絶え絶えだが、今は船上に乗り込む機会をうかがっているところだ。

風が強く、天臨丸ほどの大船もかなり揺れている。

二つの影が艫のほうに押しやられているのを、修馬は見た。

——あれは勘兵衛と美音どのだ。

やはり般若党は二人を斬ろうとしているのだ。

修馬は徳太郎を見た。徳太郎はうなずくや、垣立を一気に越えた。

修馬も、遅れじとばかりに続いた。徳太郎はすでに抜刀している。

「きさまらっ」

修馬は怒鳴った。般若党の男たちがこちらを向く。

徳太郎が刀を振るう。一人の男がうっ、とうなって倒れ込んだ。血を流している。

徳太郎は斬ったのだ。ただし、手加減はしているらしく、死ぬほどの傷は与えていないようだ。

「久岡勘兵衛を殺せ」

叫ぶようなしわがれ声が、修馬の耳に入り込んだ。

「そうはさせるか」

怒声を放って修馬は突進した。さえぎる者を次々に斬っていく。

風にあおられて血しぶきがまともに降りかかる。悪鬼のような形相になっているのだろうな、と修馬は思った。

徳太郎の奮戦ぶりはすさまじい。錐《きり》を揉《も》み込むように般若党の中に突っ込んでいったのだが、すでに徳太郎のまわりには十人以上が横たわり、うめき声を上げたり、甲板を這いずったりしていた。

いずれも命を絶たれるほどの傷ではないようだが、戦えるだけの力はもはや体のどこにも残っていないらしい。

「勘兵衛どのっ」

修馬は呼んだ。勘兵衛は美音をかばうように、素手で戦っていた。

「これを使え」

修馬は自分の刀を投げた。それを勘兵衛がつかむ。般若党の男たちを容赦なく次々に斬りはじめた。

といっても勘兵衛も殺そうとはしていない。手や足、肩に傷を与えているだけだ。

徳太郎が、刀を手にした睦紀と戦い出していた。

しかし腕の差は明らかで、徳太郎は睦紀を確実に追い詰めていく。

睦紀は死地に向かって、じりじりと後退していく。

あと二回、徳太郎が刀を振れば、睦紀は死ぬ。そのことが修馬にもわかった。

だが、最後の一撃を振るわんとした徳太郎の前に一人の侍が立ちはだかった。

——おっ、あの男は。

般若面をしていない顔を修馬は見つめた。

——確か、長く大坂東町奉行をつとめた矢場将監ではないか。

「矢場将監っ」

勘兵衛も怒号した。

「きさまが黒幕か」

「そうだ」

将監がぎろりと目を動かし、目の前に立つ徳太郎を見据える。

「きさまが朝比奈徳太郎か」

「そうだ」

「殺す」

睦紀を後ろに隠すようにして、将監の目がぎらりと燃えた。

「行くぞ」

将監が徳太郎に躍りかかる。上段から刀を落としていく。

かわすことはせず、徳太郎が将監の胴を狙いにいく。

すっと将監が刀を引いた。徳太郎の刀が将監の刀に当たった。がきん、と音がし、徳太郎の刀が折れた。折れた切っ先がまっすぐ徳太郎の胸に向かっていく。

切っ先は徳太郎に突き刺さった。

——徳太郎が殺《や》られてしまった。あれも秘剣なのか。

だが、さすがに徳太郎で、跳んできた切っ先をかろうじてよけており、突き刺さったものの、徳太郎は肩で受けていた。

だが徳太郎は一気に窮地に陥った。得物がないのだ。

「秘剣龍徹でもきさまは殺せぬか。さすがとしかいいようがない。だが、今から引導を渡してやる」

刀を振り上げて将監が徳太郎に襲いかかった。

——徳太郎を死なせるわけにはいかぬ。

脇差《わきざし》を手に、修馬は突っ込んだ。自分が身代わりに死ぬつもりだった。

むっ、と将監が動きを止め、修馬を迎え撃つ体勢を取った。

間合に入り、修馬は構わず脇差を振っていった。だが、手から脇差がすっぽ抜けた。

「あっ」

修馬の口から呆《ほう》けた声が出た。

脇差はまっすぐ飛び、どん、という音が修馬の耳に飛び込んできた。

なんだ、と思って見直したら、将監の胸に脇差が突き立っていた。

「あっ」

「投げつけるとは卑怯《ひきょう》な」

将監が刀を振り上げ、修馬に歩み寄ろうとする。だが、血のかたまりが口からあふれた。ぐはっ、と下を向いて吐いた。甲板が将監の血で汚れた。

さらに二歩進んだところで、将監が力尽き、どうと倒れ込んだ。

目にはすでに光はない。暗い色を宿して、虚空を見ていた。

――死んだか。

うっ、と籠《こ》もった声を修馬は聞いた。

首筋からおびただしい血を流しつつ、睦紀が甲板に横倒しになった。すでに息絶えている。手に脇差らしい物を握っている。目をつむっているが、その横顔はどこか幸せそうに見えた。

――将監が死んで自害したか。睦紀という女は本当に将監に惚《ほ》れておったのだな。

ふう、と修馬は息をついた。

――この睦紀という女に、俺は見覚えがある。おそらく俺は、この女が誰かを殺害した直後の姿を見たのだろう。それで般若党は俺の命を狙ってきたのだ。

修馬はそばに立つ徳太郎に気づいた。

「ああ、徳太郎、大丈夫か」

修馬は、肩に突き立った刀の切っ先を見た。

「かなり深く食い込んでおるな」

「ここでは抜くな。医者に抜いてもらう」

「ああ、それがよかろう」

勘兵衛と美音が寄ってきた。

「徳太郎どの、修馬。かたじけない。二人に助けられた」

「勘兵衛どの、礼には及ばぬ。手はず通りではないか。徳太郎が怪我をすることは、考えておらなかったが」

「これで万事、解決だ。あとは船をどうやって湊に返すか、これが問題だな」

般若党の者たちは使い物にならない。時造の父親も徳太郎にやられ、怪我を負っていた。

「どうするのだ」

「ここにとどまっておれば、いずれ公儀の船がやってきてくれよう」

それまでこの血なまぐさい船にいなければならない。

ぞっとしなかったが、徳太郎と勘兵衛、美音がいれば修馬はそれで十分だった。

六

徳太郎の小諸牧野家への仕官話は、破談になった。

修馬は、やはり約束の日に徳太郎が牧野家に出仕しなかったことが殿さまや要人たちの逆鱗《げきりん》に触れたせいだ、と考え、まことに申し訳ないことをした、と徳太郎に謝罪した。

しかし、徳太郎が牧野康時の上屋敷にひそかに呼ばれて話を聞いたところ、仕官話がご破算になったのには、裏があったようなのだ。

小諸牧野家と矢場将監は、ひそかにつながっていたらしいのである。

徳太郎を召し抱えることで、小諸牧野家には将監から大金が転がり込むことになっていたというのだ。

将監が死んで矢場家が取り潰しになるや、小諸牧野家としては、徳太郎の仕官をなかったものにするしかなかったのだそうだ。

破談になったのは康時の本意ではないとのことだが、罪人となった将監との関係を絶ち、家を守るためにはそうするしかなかったらしいのである。

徳太郎の仕官話に、まさかそのような裏があるとは思ってもいなかった。修馬は腹が立ってしようがなかったが、どうすることもできなかった。おのれの無力さを感じたが、徳太郎自身が意外にさばさばしており、修馬がいつまでも憤っていても仕方なかった。あきらめるほかなかった。

もっとも、いま徳太郎には新たな仕官話が舞い込んでいるのだ。

岩隈久之丞が徳太郎の人物を買い、召し抱えたいといっているのである。

岩隈家も台所事情は決して豊かといえないだろうが、久之丞が目付という要職にあり、小諸牧野家ほど逼迫《ひっぱく》はしていないはずだ。

おそらく岩隈家の仕官話が破談になることは、ないのではあるまいか。

——なんとかうまくいってほしいものだ。岩隈さまがもし徳太郎に不義理をしたら、殴りつけてやる。

だが、久之丞は篤実な人柄である。一度いいだしたことを撤回するようなことは、まずあるまい。

久之丞に関して、一つ驚いたことがある。修馬の世話になっていた太兵衛《たへえ》の女将《おかみ》の雪江《ゆきえ》は、岩隈久之丞の実姉だったのだ。

一度は他家に嫁したものの、離縁し、実家に戻った。だが、居づらくなったのか岩隈家を出て、弟の久之丞の助けを借りて太兵衛という小料理屋をはじめたらしいのだ。

久之丞は姉のことを気にして、よく太兵衛に来ていたようなのだ。

太兵衛から出てくる久之丞を修馬は見かけたことがあるが、姉を気遣って弟が訪ねてきていたのである。

強く風が吹き寄せてきた。いつものように土埃《つちぼこり》は上がるが、今朝に限ってはさわやかで気持ちよく感じられる。

――ああ、こんなにすがすがしい朝を迎えられようとは。まるで夢のようだ。

夜が明けて、すでに一刻が経過している。

――美奈どのはきっと俺の妻になる。

歩を進めつつ、修馬はそんなことを思った。

――しかも、それは遠い将来ではなかろう。

そのことについて修馬は確信を抱いている。

問題は一つだけだ。美奈が手習所を離れたがらないことである。美奈は手習子《てならいこ》たちがかわいくてならないのだ。

――まあ、別に通い婚でもよいではないか。

もっとも、修馬は美奈に結婚の約束を取りつけたわけではない。

いずれ落ち着いたら、正式に申し込もうと決意はしている。

――勘兵衛どのの妻は美音どのだ。俺の妻は美奈どの。一文字ちがいというのも、なにかの縁であろう。

そんなことを考えながら、修馬は千代田城の下乗橋までやってきた。刻限がまだ早いだけに、他家の供らしい者の姿はほとんど見当たらない。この付近が混雑しはじめるのは、一刻ほどのちであろう。

修馬は足を止めた。

「須磨助《すますけ》、よいか、俺の帰りを待たずともよいぞ。暮れ六つまで待って俺が戻らなければ、屋敷に帰れ」

後ろにずっとついていた中間に、修馬は優しく告げた。

「承知いたしました」

須磨助が頭を下げる。

「では、行ってまいる」

「行ってらっしゃいませ」

丁寧に腰を折って須磨助が修馬を見送る。

ずんずんと歩を進め、修馬は千代田城の大玄関までやってきた。中に入り、雪駄を脱ぐ。

どこかかび臭いが、それだって懐かしい。修馬は思い切りそのにおいを吸い込んだ。

城内の建物に入り、さらに歩き進む。

——ふむ、ここであったな。

目の前にあるのは徒目付の詰所である。

「あっ——」

以前は顔なじみだった茶坊主の蓮弘がうれしそうに近づいてきた。

「山内さま、お戻りですか」

「うむ、今日からだ」

「ついにお戻りになりましたか。山内さま、お帰りなさいませ」

少しおどけた口調で蓮弘がいった。

「かたじけない」

「すばらしいご活躍だったそうでございますね。なんでも、般若党を壊滅させるために、山内さまは御徒目付を馘《くび》になった芝居をされたのだとうかがいました」

「そうだ。内偵しておったのだ」

「さすがでございますね。拙僧どもも、誰もが本当に山内さまは馘にされてしまったのだと思っておりました」

「敵を欺《あざむ》くにはまず味方から、という言葉もある」

「さようでございますね」

蓮弘が気づいたように詰所のほうに目をやった。

「お入りになりますか」

「うむ、入ろう」

「ではそれがしがお開けいたします」

手を伸ばし、蓮弘が襖を横に滑らせた。

畳敷きの部屋が見渡せた。ずらりと多くの文机が置いてある。中に同僚の姿は見当たらない。

「どうぞ」

蓮弘にいざなわれ、修馬は足を踏み入れた。

奥の大きな机の前に一人の男が座していた。頭が人よりずっと大きい。

「おう、来たか」

勘兵衛が立ち上がり、満面の笑みで修馬を出迎えた。

「道に迷わなかったか」

「なんとか無事にたどり着きました」

「それは重畳」

にこにこと勘兵衛が笑んだ。

「お頭」

修馬は勘兵衛を呼んだ。

「それがし、出戻りの山内修馬でございます。向後、ご指導ご鞭撻《べんたつ》のほど、お願いいたします」

うむ、と満足そうに勘兵衛がうなずいた。

「では修馬、岩隈さまに挨拶《あいさつ》にうかがうとするか」

「はっ、よろしくお願いいたします」

修馬は、勘兵衛のあとをついて徒目付の詰所を出た。

またかび臭さが漂ってきた。

——俺は本当に戻ってきたのだ。

暗い建物内だが、前途が洋々と広がっているのを修馬は感じた。

——俺はこれから徒目付として生きていく。二度と役目をしくじるような真似はせぬ。

目指すは、徒目付頭である。

修馬は、勘兵衛のように徒目付を率いる頭として働きたいのだ。同じ身分になれば、また前のような友垣としての言葉遣いができるようになろう。

——幼稚な望みかもしれぬが、結局、俺は勘兵衛どのと当たり前に語り合いたいのだ。それには徒目付のままでは駄目だ。勘兵衛どのと同じところまで行かねばならぬ。

「修馬、鼻息が荒いな」

「そ、そうか」

「なにかよからぬことを企んでおるのではないか」

「そのようなことはない」

「俺を追い落とさんと考えておるのではないか」

「そのようなことがあるものか」

「さて、どうだかな」

ああ、楽しいな、と修馬の心は弾んでならない。勘兵衛のそばにいられる幸せを、しみじみと噛み締めた。

これからは、この幸せがずっと続いていく。

夢のようだ、と修馬は思った。

俺は日の本一の幸せ者だ。

本書は、ハルキ文庫（時代小説文庫）の書き下ろしです。

時代小説文庫
す 2-31

決戦《けっせん》、友《とも》へ 裏江戸探索帖《うらえどたんさくちょう》

著者 鈴木英治《すずきえいじ》
2016年4月18日第一刷発行

発行者 角川春樹

発行所 株式会社 角川春樹事務所
〒102-0074 東京都千代田区九段南2-1-30 イタリア文化会館

電話 03(3263)5247[編集] 03(3263)5881[営業]

印刷・製本 中央精版印刷株式会社

フォーマット・デザイン＆シンボルマーク 芦澤泰偉

ISBN978-4-7584-3953-4 C0193 ©2016 Eiji Suzuki Printed in Japan
http://www.kadokawaharuki.co.jp/[営業]
fanmail@kadokawaharuki.co.jp[編集] ご意見・ご感想をお寄せください。

書き下ろし
闇の剣
鈴木英治

古谷家の宗家に養子に入っていた春隆が病死した。
跡取り息子が、ここ半年に次々と亡くなっており、春隆で５人目であった。
剣豪ミステリー・勘兵衛シリーズ第１弾。

書き下ろし
怨鬼の剣
鈴木英治

頻発した商家の主のかどわかし事件は、南町奉行所同心七十郎の調査で
予想外の展開を見せる。一方、勘兵衛も事件に関わっていく……。
勘兵衛シリーズ第２弾。

書き下ろし
魔性の剣
鈴木英治

奉行所の同心二名が行方しれずとなる。七十郎の捜索で、
一人が死体で見つかる。また勘兵衛は三人の男の斬殺現場に遭遇する。
はたして二つの事件の接点は？　勘兵衛シリーズ第３弾。

書き下ろし
烈火の剣
鈴木英治

書院番から徒目付へ移籍となった久岡勘兵衛。
移籍先で山内修馬という男と出会う。この男には何か
隠された秘密があるらしいのだが……。勘兵衛シリーズ第４弾。

書き下ろし
稲妻の剣
鈴木英治

書院番の同僚同士の斬り合い。一方で久々に江戸へ帰ってきた梶之助も、
人斬りを重ねていく。彼らの心を狂わせたものとは何か？
勘兵衛シリーズ第５弾。

働く人のためのアドラー心理学

「もう疲れたよ…」にきく8つの習慣

岩井俊憲

朝日文庫